D0757834

COLLECTION FOLIO

Sempé-Goscinny

Les bêtises
du Petit Nicolas

Histoires inédites I

IMAV éditions

Jean-Jacques Sempé est né à Bordeaux le 17 août 1932. Élève très indiscipliné, il est renvoyé de son collège et commence à travailler à dix-sept ans. Après avoir été l'assistant malchanceux d'un courtier en vins et s'être engagé dans l'armée, il se lance à dix-neuf ans dans le dessin humoristique. Ses débuts sont difficiles, mais Sempé travaille comme un forcené. Il collabore à de nombreux magazines : *Paris Match*, *L'Express*...

En 1959, il « met au monde » la série des Petit Nicolas avec son ami René Goscinny. Sempé vit à Paris (rêvant de campagne) et à la campagne (rêvant de Paris). Il a, depuis, publié une quarantaine d'albums parus chez Denoël. En 2009, paraît *Sempé à New York*, recueil d'une centaine de couvertures du *New Yorker* dont Sempé est collaborateur depuis 1978.

Dans la collection Folio Junior, il est l'auteur de *Marcellin Caillou* (1997) et de *Raoul Taburin* (1998) ; il a également illustré *Catherine Certitude* de Patrick Modiano (1998) et *L'histoire de Monsieur Sommer* de Patrick Süskind (1998).

René Goscinny est né à Paris en 1926 mais il passe son enfance en Argentine. « J'étais en classe un véritable guignol. Comme j'étais aussi plutôt bon élève, on ne me renvoyait pas. » Après une brillante scolarité au collège français de Buenos Aires, c'est à New York qu'il commence sa carrière au côté d'Harvey Kurtzman, fondateur de *Mad*. De retour en France dans les années cinquante, il collectionne les succès. Avec Sempé, il imagine le Petit Nicolas, inventant pour lui un langage et un univers qui feront la notoriété du désormais célèbre écolier. Puis Goscinny crée Astérix avec Uderzo. Le triomphe du petit Gaulois sera phénoménal. Auteur prolifique, Goscinny est également le créateur de Lucky Luke avec Morris, d'Iznogoud avec Tabary, des *Din* *godossiers* avec Gotlib… À la tête du légendaire magazine *Pilote*, il révolutionne la bande dessinée. Humoriste de génie, c'est avec le *Petit Nicolas* que Goscinny donne toute la mesure de son talent d'écrivain. C'est peut-être pour cela qu'il dira : « J'ai une tendresse toute particulière pour ce personnage. » René Goscinny est mort le 5 novembre 1977, à cinquante et un ans. Il est aujourd'hui l'un des écrivains le plus lus au monde.

Pour Gilberte Goscinny

𝓃

M. Mouchabière nous surveille

Quand nous sommes descendus dans la cour pour la récré, ce matin, à l'école, avant de nous faire rompre les rangs, le Bouillon, qui est notre surveillant, nous a dit :

— Regardez-moi bien dans les yeux, vous tous ! Je dois aller travailler dans le bureau de M. le Directeur. C'est donc M. Mouchabière qui va vous surveiller. Vous me ferez le plaisir d'être sages, de bien lui obéir et de ne pas le rendre fou. Compris ?

Et puis, le Bouillon a mis sa main sur l'épaule de M. Mouchabière et lui a dit :

— Courage, Mouchabière, mon petit !

Et il est parti.

M. Mouchabière nous a regardés avec des grands yeux et il nous a dit : « Rompez ! », avec une voix toute petite.

M. Mouchabière, c'est un nouveau surveillant, pour lequel nous n'avons pas encore eu le temps de trouver un surnom rigolo. Il est beaucoup plus jeune que le Bouillon, M. Mouchabière, on a l'impression que ça ne fait pas longtemps qu'il allait à l'école, lui aussi, et c'est la première fois qu'il nous surveille tout seul pendant une récré.

— À quoi on joue ? j'ai demandé.

— Si on jouait aux avions ? a dit Eudes.

Comme on ne savait pas ce que c'était, Eudes nou
a expliqué : on se divise en deux camps, les amis e
les ennemis, et on est des avions. On court les bra
ouverts, on fait « vrr » et on essaie de faire des cro
che-pieds aux ennemis. Ceux qui tombent, c'est de
avions abattus, et ils ont perdu. Nous, on a pensé qu
c'était un chouette jeu, et surtout qui ne risquait pa
de nous faire avoir des ennuis.

— Bon, a dit Eudes, moi je serais le chef des amis
je serais le capitaine William, comme dans un film
que j'ai vu, où il abat tous les ennemis en rigolant, ra
tatatat et, à un moment, lui aussi est abattu lâchement
mais ce n'est pas grave, on le met dans un hôpital

omme celui pour mon appendicite, et il guérit et il
epart abattre d'autres ennemis et, à la fin, la guerre
est gagnée. C'était très chouette.

— Moi, a dit Maixent, je serais Guynemer, c'est le
plus fort de tous.

— Et moi, a dit Clotaire, je serais Michel Tanguy,
c'est une histoire que je lis en classe dans mon journal
Pilote, et c'est terrible ; il a toujours des accidents
avec ses avions, mais il s'en tire parce qu'il conduit
bien. Et il a un chouette uniforme.

— Moi, je serais Buffalo Bill, a dit Geoffroy.

— Buffalo Bill, c'était pas un aviateur, c'était un
cow-boy, imbécile ! a dit Eudes.

— Et alors, un cow-boy n'a pas le droit de devenir
pilote ? a répondu Geoffroy. Et, d'abord, répète ce
que tu as dit !

— Ce que j'ai dit ? Qu'est-ce que j'ai dit ? a demandé Eudes.

— Le coup, là, que j'étais imbécile, a répondu
Geoffroy.

— Ah ! oui, a dit Eudes. T'es un imbécile.

Et ils ont commencé à se battre. Mais M. Mouchabière est arrivé en courant et il leur a dit d'aller au piquet tous les deux. Alors, Eudes et Geoffroy ont
ouvert leurs bras, et ils sont allés se mettre au piquet
en faisant « vrr ».

— Je suis arrivé avant toi, Buffalo Bill, a crié
Eudes.

M. Mouchabière les a regardés, et il s'est gratté le
front.

— Dites, les gars, j'ai dit, si on commence à se battre, ça sera comme pour toutes les récrés, on n'aura
pas le temps de jouer.

11

— T'as raison, a dit Joachim ; alors, allons-y, on se divise en amis et en ennemis et on commence.

Mais, bien sûr, c'est toujours la même chose : les autres ne veulent jamais être les ennemis.

— Ben, on a qu'à être tous amis, a dit Rufus.

— On ne va tout de même pas s'abattre entre amis, a dit Clotaire.

— Pourquoi pas, a dit Maixent. Il y aurait des amis et des moins-amis. Alceste, Nicolas et Clotaire se raient les moins-amis ; Rufus, Joachim et moi, on serait les amis. Allez, on y va !

Et Rufus, Joachim et Maixent ont ouvert les bras, et ils ont commencé à courir en faisant « vrrr », sauf Maixent qui sifflait, parce que, comme il court très vite, il disait qu'il était un avion à réaction. Clotaire, Alceste et moi, on n'était pas d'accord ; c'est vrai, quoi, à la fin ! Maixent, il faut toujours qu'il commande. Comme on ne bougeait pas, Maixent, Rufus et Joachim sont revenus et ils se sont mis autour de nous, toujours avec les bras ouverts, en faisant « vrrr », « vrrr ».

— Ben quoi, les gars, a dit Maixent, vous volez, oui ou non ?

— Nous, on ne veut pas être les moins-amis, j'ai dit.

— Allez, quoi, les gars, a dit Rufus, la récré va se terminer et, à cause de vous, on n'aura pas joué !

— Ben, a dit Clotaire, nous, on veut bien jouer, si les moins-amis, c'est vous.

— Tu rigoles, a dit Maixent.

— Tu vas voir si je rigole ! a crié Clotaire, et il s'est mis à courir après Maixent, qui a ouvert les bras et s'est sauvé en sifflant.

Alors, Clotaire a ouvert les bras, lui aussi, et il a fait « vrrr » et « ratatatat », mais c'est difficile d'attra-

...er Maixent quand il fait l'avion à réaction, parce
...u'il a des jambes très longues, avec des gros genoux
...ales. Et puis, Rufus et Joachim ont ouvert les bras
...ussi, et ils ont couru après moi.

— Guynemer à tour de contrôle, Guynemer à tour
...e contrôle, disait Rufus, j'en tiens un. Vrrr !

— Guynemer, c'est moi ! a crié Maixent, qui est
...assé en sifflant devant nous, toujours poursuivi par
...lotaire qui faisait « ratatatat », mais qui n'arrivait
...as à le rattraper. Alceste, lui, il était dans un coin et
...l tournait en rond, vroum, vroum, avec un seul bras
...tendu, parce qu'il avait besoin de l'autre pour man-
...er son sandwich à la confiture. Au piquet, Eudes et
...Geoffroy avaient les bras ouverts, et ils essayaient de
...e faire des croche-pieds.

— Tu es abattu, a crié Clotaire à Maixent, je te tire dessus à la mitrailleuse, ratatatat, et tu dois tomber comme dans le film de la télé, hier soir !

— Non, Monsieur, a dit Maixent, tu m'as raté, mais moi, je vais t'envoyer des radars !

Et Maixent s'est retourné, tout en courant pour faire le coup des radars, et bing ! il a cogné contre M. Mouchabière.

— Faites un peu attention, a dit M. Mouchabière, et vous autres, venez tous un peu par ici.

Nous sommes venus, et M. Mouchabière nous a dit :

— Je vous observe depuis un moment ; qu'est-ce que vous avez à faire ça ?

— À faire quoi, M'sieur ? j'ai demandé.

— Ça, a dit M. Mouchabière.

Il a ouvert les bras et il s'est mis à courir en si
flant, en faisant « vrrr » et « ratatatat », et puis, il s'e
arrêté juste devant le Bouillon et le directeur qu
étaient entrés dans la cour et qui le regardaient ave
des yeux étonnés.

— Je vous l'avais dit, monsieur le Directeur, j'étai
inquiet, a dit le Bouillon ; il n'est pas encore suff
samment aguerri.

Le directeur a pris M. Mouchabière par un des bra
qu'il avait encore en l'air et il lui a dit :

— Atterrissez, mon petit, nous allons parler, ce n
sera rien.

À la récré suivante, c'est le Bouillon qui nous
surveillés.

M. Mouchabière se repose à l'infirmerie. Et c'es
dommage, parce que quand on a commencé à joue
aux sous-marins, chacun avec un bras en l'air pou
faire le périscope, le Bouillon nous a tous mis au pi
quet.

Et on n'avait même pas commencé à s'envoyer de
torpilles !

Pan !

Jeudi, j'ai été collé à cause du pétard.

On était là tranquillement, en classe, à écouter la maîtresse, qui nous expliquait que la Seine fait des tas de méandres, et juste quand elle nous tournait le dos pour montrer la Seine sur la carte, pan ! le pétard a éclaté. La porte de la classe s'est ouverte et on a vu entrer le directeur.

— Qu'est-ce qui s'est passé ? il a demandé.

— Un des élèves a fait éclater un pétard, a répondu la maîtresse.

— Ah ! ah ! a dit le directeur, eh bien ! que le coupable se dénonce, sinon toute la classe sera en retenue jeudi !

Le directeur s'est croisé les bras, il a attendu, mais personne n'a rien dit.

Puis Rufus s'est levé.

— M'sieur, il a dit.

— Oui, mon petit ? a répondu le directeur.

— C'est Geoffroy, m'sieur, a dit Rufus.

— T'es pas un peu malade ? a demandé Geoffroy.

— Tu crois tout de même pas que je vais me faire coller parce que tu fais le guignol avec des pétards ! a crié Rufus.

Et ils se sont battus.

Ça a fait un drôle de bruit, parce que tous on a commencé à discuter et parce que le directeur donnait des
gros coups de poing sur le bureau de la maîtresse en
criant : « Silence ! »

— Puisque c'est comme ça, a dit le directeur, et que
personne ne veut se dénoncer, jeudi, toute la classe sera
en retenue !

Et le directeur est parti pendant qu'Agnan, qui est le
chouchou de la maîtresse, se roulait par terre en pleu-
rant et en criant que ce n'était pas juste, qu'il ne viendrait pas en retenue, qu'il se plaindrait à ses parents et
qu'il changerait d'école. Le plus drôle, c'est qu'on n'a
jamais su qui avait mis le pétard.

Jeudi après-midi, quand on est arrivés à l'école, on
ne rigolait pas trop, surtout Agnan qui venait en retenue
pour la première fois ; il pleurait et il avait des hoquets.
Dans la cour, le Bouillon nous attendait. Le Bouillon,
c'est notre surveillant ; on l'appelle comme ça parce
qu'il dit tout le temps : « Regardez-moi bien dans les
yeux », et dans le bouillon il y a des yeux. C'est les
grands qui ont trouvé ça.

— En rang, une deux, une deux ! a dit le Bouillon.
Et on l'a suivi.

Quand on s'est assis en classe, le Bouillon nous a dit :

— Regardez-moi bien dans les yeux, tous ! Par votre
faute, je suis obligé de rester ici, aujourd'hui. Je vous
préviens que je ne supporterai pas la moindre indisci-
pline ! Compris ?

Nous, on n'a rien dit parce qu'on a vu que ce n'était
pas le moment de rigoler. Le Bouillon a continué :

— Vous allez m'écrire trois cents fois : il est inadmissible de faire exploser des pétards en classe et de ne
pas se dénoncer par la suite.

Et puis, on s'est tous levés parce que le directeur est entré en classe.

— Alors, a demandé le directeur, où en sont nos amateurs d'explosifs ?

— Ça va, monsieur le Directeur, a répondu le Bouillon ; je leur ai donné trois cents lignes à faire, comme vous l'aviez décidé.

— Parfait, parfait, a dit le directeur, personne ne sortira d'ici tant que toutes les lignes n'auront pas été faites. Ça leur apprendra.

Le directeur a cligné de l'œil au Bouillon, et il est sorti. Le Bouillon a poussé un gros soupir et il a regardé par la fenêtre ; il y avait un drôle de soleil. Agnan s'est mis à pleurer de nouveau. Le Bouillon s'est fâché et il a dit à Agnan que s'il ne cessait pas ce manège, il allait voir ce qu'il allait voir. Agnan, alors, s'est roulé par terre ; il a dit que personne ne l'aimait, et puis sa figure est devenue toute bleue.

Le Bouillon a dû sortir en courant avec Agnan sous le bras.

Le Bouillon est resté dehors assez longtemps, alors, Eudes a dit :

— Je vais aller voir ce qui se passe.

Et il est sorti avec Joachim. Le Bouillon est revenu avec Agnan. Agnan avait l'air calmé, il reniflait un peu de temps en temps, mais il s'est mis à faire les lignes sans rien dire.

Et puis, Eudes et Maixent sont arrivés.

— Tiens, vous voilà, a dit Eudes au Bouillon, on vous a cherché partout.

Le Bouillon est devenu tout rouge.

— J'en ai assez de vos pitreries, il a crié. Vous avez entendu ce qu'a dit M. le Directeur, alors, dépêchez-vous de faire vos lignes, sinon, nous passerons la nuit ici !

— Et le dîner, alors ? a demandé Alceste qui est un copain gros qui aime beaucoup manger.

— Moi, ma maman ne me laisse pas rentrer tard le soir, j'ai expliqué.

— Je pense que si nous pouvions avoir moins de lignes, on finirait plus tôt, a dit Joachim.

— Avec des mots moins longs, a dit Clotaire, parce que je ne sais pas écrire inadmissible.

— Moi, je l'écris avec deux s, a dit Eudes.

Et Rufus s'est mis à rigoler. On était tous là à discuter quand le Bouillon s'est mis à donner des coups de poing sur la table.

— Au lieu de perdre votre temps, il a crié, dépêchez-vous de terminer ces lignes !

Il avait l'air drôlement impatient, le Bouillon, il marchait dans la classe et, de temps en temps, il s'arrêtait devant la fenêtre, et il poussait un gros soupir.

— M'sieur ! a dit Maixent.

— Silence ! Que je ne vous entende plus ! Pas un mot ! Rien ! a crié le Bouillon.

On n'entendait plus en classe que le bruit des plumes sur le papier, les soupirs du Bouillon et les reniflements d'Agnan.

C'est Agnan qui a fini ses lignes le premier et qui les a portées au Bouillon. Il était très content, le Bouillon. Il a donné des petites tapes sur la tête d'Agnan et il nous a dit qu'on devait suivre l'exemple de notre petit camarade. Les uns après les autres, on a fini et on a donné nos lignes au Bouillon. Il ne manquait plus que Maixent, qui n'écrivait pas.

— Nous vous attendons, mon garçon ! a crié le Bouillon. Pourquoi n'écrivez-vous pas ?

— J'ai pas d'encre, m'sieur, a dit Maixent.

Le Bouillon a ouvert des yeux tout ronds.

— Et pourquoi ne m'avez-vous pas prévenu ? a demandé le Bouillon.

— J'ai essayé, m'sieur, mais vous m'avez dit de me taire, a répondu Maixent.

Le Bouillon s'est passé la main sur la figure, et il a dit qu'on donne de l'encre à Maixent. Maixent s'est mis à écrire en s'appliquant. Il est très bon en calligraphie, Maixent.

— Vous avez déjà fait combien de lignes ? a demandé le Bouillon.

— Vingt-trois, et je marche sur vingt-quatre, a répondu Maixent. Le Bouillon a eu l'air d'hésiter un moment, et puis il a pris le papier de Maixent, il s'est assis à sa table, il a sorti son stylo et il s'est mis à faire des lignes à toute vitesse, pendant qu'on le regardait.

Quand le Bouillon a eu fini, il était tout content.

— Agnan, il a dit, allez prévenir M. le Directeur que le pensum est terminé.

Le directeur est entré, et le Bouillon lui a donné les feuilles.

— Très bien, très bien, a dit le directeur. Je pense que ceci vous aura servi de leçon. Vous pouvez rentrer chez vous.

Et c'est à ce moment que, pan ! un pétard a éclaté dans la classe et qu'on a tous été mis en retenue pour jeudi prochain.

La quarantaine

La maîtresse m'a appelé au tableau, nous avions géographie, et elle m'a demandé quel était le chef-lieu du Pas-de-Calais. Moi je ne savais pas, alors Geoffroy, qui est assis au premier rang, m'a soufflé « Marseille », j'ai dit « Marseille » et ce n'était pas la bonne réponse et la maîtresse m'a mis un zéro.

Quand nous sommes sortis de l'école, j'ai pris Geoffroy par le cartable et tous les copains nous ont entourés.

— Pourquoi tu m'as mal soufflé ? j'ai demandé à Geoffroy.

— Pour rigoler, m'a répondu Geoffroy, t'as eu l'air drôlement bête quand la maîtresse t'a mis un zéro.

— C'est pas bien de faire le guignol quand on souffle, a dit Alceste, c'est presque aussi mal que de chiper de la nourriture à un copain !

— Ouais, c'est pas chouette, a dit Joachim.

— Laissez-moi tranquille, a crié Geoffroy, d'abord vous êtes tous bêtes, et puis mon papa a plus d'argent que tous vos papas, et puis vous ne me faites pas peur, et puis sans blague ! et Geoffroy est parti.

Nous, on n'était pas contents.

— Qu'est-ce qu'on lui fait ? j'ai demandé.

— Ouais, il nous énerve à la fin celui-là, a dit Maixent.

— C'est vrai, a dit Joachim, une fois il m'a gagné aux billes.

— Si on lui tombait tous dessus à la récré demain ? On lui donnerait des coups de poing sur le nez ! a dit Eudes.

— Non, j'ai dit, on se ferait punir par le Bouillon.

— Moi j'ai une idée, a dit Rufus, si on le mettait en quarantaine ?

Ça, c'était une chouette idée. Je ne sais pas si vous savez ce que c'est que la quarantaine, c'est quand on ne parle plus à un copain pour lui montrer qu'on est fâché avec lui. On ne lui parle plus, on ne joue plus avec lui, on fait comme s'il n'était pas là et ce sera bien fait pour Geoffroy, ça lui apprendra, c'est vrai, quoi, à la fin. On a tous été d'accord, surtout Clotaire qui disait que si les copains se mettaient à mal souffler, il ne resterait plus qu'à apprendre les leçons.

Ce matin, je suis arrivé à l'école drôlement impatient de ne pas parler à Geoffroy. On était là tous les copains à attendre Geoffroy, et puis on l'a vu arriver, il avait un paquet sous le bras.

— Geoffroy, je lui ai dit, les copains, on t'a mis en quarantaine.

— Je croyais qu'on allait plus lui parler, a dit Clotaire.

— Il faut bien que je lui parle pour lui dire qu'on ne lui parle plus, j'ai dit.

— Et puis, à la récré, a dit Rufus, on ne te laissera pas jouer avec nous.

— Bah ! il a dit Geoffroy, je suis bien content, et tout seul je vais bien rigoler avec ce que j'ai apporté dans mon paquet.

— C'est quoi ? a demandé Alceste.

— Alceste, j'ai dit, on ne lui parle plus !

— Ouais, le premier qui lui parle, je lui donne un coup de poing sur le nez ! a dit Eudes.

— Ouais, a dit Clotaire.

En classe, ça a commencé et c'était chouette. Geoffroy a demandé à Eudes qu'il lui prête son taille-crayon, celui qui ressemble à un petit avion, et Eudes n'a même pas regardé Geoffroy, il a pris son taille-crayon et il s'est amusé en faisant « rrrrrr » et en le faisant atterrir sur le pupitre. Ça nous a tous fait rigoler et c'était bien fait pour Geoffroy, même si la maîtresse a puni Eudes et lui a dit d'écrire cent fois : « Je ne dois pas jouer avec mon taille-crayon en classe d'arithmétique, car cela m'empêche de suivre la leçon et distrait mes camarades qui seront punis aussi s'ils continuent à être dissipés. »

Et puis, la récré a sonné et nous sommes descendus. Dans la cour on s'est tous mis à courir et à crier : « Allez ! Allez ! On joue ! » et on regardait Geoffroy, qui était tout seul, bisque bisque rage. Geoffroy, qui était descendu avec son paquet, l'a ouvert et il en a sorti une auto de pompiers, toute rouge avec une échelle et une cloche. Nous, on continuait à courir partout, à crier et à rigoler, parce qu'entre bons copains on rigole toujours, et puis Alceste est allé voir l'auto de Geoffroy.

— Qu'est-ce que tu fais Alceste ? a demandé Rufus.

— Ben rien, a dit Alceste, je regarde l'auto de Geoffroy.

— T'as pas à regarder l'auto de Geoffroy, a dit Rufus, on ne connaît pas Geoffroy !

— Je ne lui parle pas à Geoffroy, imbécile, a dit Alceste, je regarde son auto, j'ai pas à te demander ta permission pour regarder son auto, non ?

— Si tu restes là, a dit Rufus, on te met en quarantaine, toi aussi !

— Pour qui tu te prends ? Non mais, pour qui tu te prends ? a crié Alceste.

— Eh les gars, a dit Rufus, Alceste est en quarantaine !

Moi, ça m'a embêté ça, parce que Alceste, c'est un copain, et si je ne peux plus lui parler, c'est pas drôle. Alceste, lui, il restait à regarder l'auto de Geoffroy en mangeant un de ses trois petits pains beurrés de la première récré. Clotaire s'est approché d'Alceste et il lui a demandé :

— L'échelle de l'auto, elle bouge ?

— Clotaire est en quarantaine ! a crié Rufus.

— T'es pas un peu fou ? a demandé Clotaire.

— Ouais, a dit Eudes, si Clotaire et moi on a envie de regarder l'auto de Geoffroy, t'as rien à dire, Rufus !

— Très bien, très bien, a dit Rufus. Tous ceux qui iront avec ceux-là seront en quarantaine. Pas vrai les gars ?

Les gars, c'était Joachim, Maixent et moi. Nous, on a dit que Rufus avait raison et que les autres c'était pas des copains, et on s'est mis à jouer aux gendarmes et aux voleurs, mais à trois ce n'est pas très drôle. On n'était plus que trois parce que Maixent était allé avec les autres voir comment Geoffroy jouait avec son auto. Ce qu'il y avait de bien, c'est que les phares s'allumaient, comme dans la voiture de papa, et puis la cloche, quand on la touche, ça fait ding, ding.

— Nicolas ! a crié Rufus, reviens jouer avec nous, sinon, toi aussi tu seras en quarantaine… Oh ! dis donc ! elle marche drôlement vite ! et Rufus s'est penché pour regarder l'auto qui tournait.

Le seul qui n'était pas en quarantaine, c'était Joachim. Il courait dans la cour en criant :

— Attrapez-moi, les gars ! Attrapez-moi !

Et puis il en a eu assez de jouer seul au gendarme et au voleur, alors, il est venu avec nous. On était tous là autour de l'auto de Geoffroy, et moi je me suis dit qu'on avait été un peu méchants avec lui, après tout, c'est un copain, Geoffroy.

— Geoffroy, j'ai dit, je te pardonne. T'es plus en quarantaine. Tu peux jouer avec nous, alors moi, je me mets là-bas, et toi tu m'envoies l'auto…

— Et puis moi, a dit Alceste, je fais comme s'il y avait un incendie…

— Alors moi, a dit Rufus, je fais monter l'échelle…

— Allez ! allez ! vite ! la récré va se terminer ! a crié Eudes.

Eh bien ! On n'a pas pu y jouer avec l'auto de Geoffroy, et c'est drôlement pas juste ! Geoffroy nous a tous mis en quarantaine !

Le château fort

Dimanche après-midi, Clotaire et Alceste sont venus jouer à la maison. Clotaire a amené ses soldats de plomb et Alceste a apporté son ballon de foot, qui avait été confisqué jusqu'à la fin du trimestre dernier, et quatre tartines à la confiture. Les tartines c'est pour lui qu'il les apporte, Alceste, pour tenir le coup jusqu'au goûter.

Comme il faisait très beau avec des tas de soleil, papa nous a permis de rester dans le jardin pour jouer, mais il nous a dit qu'il était très fatigué, qu'il voulait se reposer, et qu'on ne le dérange pas. Et il s'est mis dans la chaise longue, devant les bégonias, avec son journal.

J'ai demandé à papa si je pouvais prendre les vieilles boîtes en carton qui étaient dans le garage.

— C'est pour quoi faire ? m'a demandé papa.

— C'est pour faire un château fort, pour mettre les soldats de Clotaire dedans, j'ai expliqué.

— Bon, a dit papa. Mais ne faites pas de bruit ni de désordre.

Je suis allé chercher les boîtes, et, pendant que papa lisait son journal, nous on mettait les boîtes les unes sur les autres.

— Dites donc, a dit papa, il n'est pas joli, joli, votre château fort !

— Ben, j'ai dit, on fait comme si.

— Vous devriez plutôt faire une porte et des fenêtres, a dit papa.

Alors Alceste a dit quelque chose avec la bouche pleine de sa deuxième tartine.

— Qu'est-ce que tu dis ? a demandé papa.

— Il a dit : Avec quoi vous voulez qu'on les fasse, ces fenêtres et cette porte ? a expliqué Clotaire, et Alceste a fait « Oui » avec la tête.

— Je me demande comment il fait pour se faire comprendre quand tu n'es pas là, a dit papa en rigolant. En tout cas, pour la porte et les fenêtres, c'est simple, Nicolas ! Va demander à ta mère qu'elle te prête les ciseaux. Tu lui diras que c'est moi qui t'envoie.

Je suis allé voir maman dans la maison, et elle m'a prêté les ciseaux, mais elle a dit de faire attention de ne pas me blesser.

— Elle a raison, a dit papa quand je suis revenu dans le jardin. Laisse-moi faire.

Et papa s'est levé de la chaise longue et il a pris la plus grande des boîtes et avec les ciseaux il a ouvert une porte et des fenêtres. C'était très chouette.

— Voilà, a dit papa. Ce n'est pas mieux comme ça ? Maintenant, avec l'autre boîte, on va faire des tours.

Et avec les ciseaux, papa a découpé le carton de l'autre boîte, et puis, il a poussé un cri. Il s'est sucé le doigt, mais il n'a pas voulu que j'appelle maman pour le soigner. Il s'est attaché le mouchoir autour du doigt et il a continué à travailler. Il avait l'air de bien s'amuser, papa.

— Nicolas, il m'a dit, va chercher la colle qui est dans le tiroir de mon bureau !

J'ai rapporté la colle, et papa a fait des tubes avec le carton, il les a collés, et c'est vrai que ça ressemblait à des tours.

— Parfait, a dit papa. Nous allons en mettre une à chaque coin… Comme ça… Alceste, ne touche pas aux tours avec tes mains pleines de confiture, voyons !

Et Alceste a dit quelque chose, mais je ne sais pas quoi, parce que Clotaire n'a pas voulu le répéter. Mais papa, de toute façon, il ne faisait pas attention, parce qu'il était occupé à faire tenir ses tours, et ce n'était pas facile. Il avait chaud, papa ! Il en avait la figure toute mouillée.

— Vous savez ce qu'on devrait faire ? a dit papa. On devrait découper des créneaux. S'il n'y a pas de créneaux, ce n'est pas un vrai château fort.

Et avec un crayon, papa a dessiné des créneaux et il a commencé à les découper en tirant la langue. Il devenait terrible, le château fort !

— Nicolas, a dit papa, tu trouveras du papier dans le deuxième tiroir à gauche de la commode, et pendant que tu y es, apporte aussi tes crayons de couleur.

Quand je suis revenu dans le jardin, papa était assis par terre, devant le château fort, en travaillant drôlement, et Clotaire et Alceste étaient assis sur la chaise longue en le regardant.

— On va faire des toits pointus pour les tours, a expliqué papa, et avec le papier on va faire le donjon. On va peindre le tout avec des crayons de couleur…

— Je commence à peindre ? j'ai demandé.

— Non, a dit papa. Il vaut mieux que tu me laisses faire. Si vous voulez un château fort qui ait l'air de

quelque chose, il faut qu'il soit fait avec soin. Je vous dirai quand vous pourrez m'aider. Tiens ! Essayez de me trouver une petite branche, ce sera le mât pour le drapeau.

Quand on a donné la petite branche à papa, il a découpé un petit carré de papier, qu'il a collé à la branche, et il nous a expliqué que ce serait le drapeau, et il l'a peint en bleu et en rouge, avec du blanc au milieu, comme tous les drapeaux ; c'était vraiment très joli.

— Alceste demande s'il est fini, le château fort, a dit Clotaire.

— Dis-lui que pas encore, a répondu papa. Le travail bien fait prend du temps ; apprenez à ne pas bâcler votre besogne. Au lieu de m'interrompre, regardez bien comment je fais, comme ça, vous saurez la prochaine fois.

Et puis, maman a crié de la porte :

— Le goûter est prêt ! À table !

— Allez, on y va ! a dit Alceste qui venait de finir sa tartine.

Et on a couru vers la maison, et papa nous a crié de faire attention, que Clotaire avait failli faire tomber une tour, et que c'était incroyable d'être aussi maladroit.

Quand nous sommes entrés dans la salle à manger, maman m'a dit d'aller voir papa pour lui dire qu'il vienne aussi, mais dans le jardin, papa m'a dit de prévenir maman qu'il n'allait pas prendre le thé, qu'il était trop occupé, et qu'il viendrait, plus tard, quand il aurait fini.

Maman nous a servi le goûter, qui était très bien ; il y avait du chocolat, de la brioche et de la confiture de fraises, et Alceste était drôlement content, parce qu'il aime autant la confiture de fraises que toutes les autres confitures. Pendant que nous étions en train de manger, nous avons vu papa entrer plusieurs fois, pour chercher du fil et une aiguille, un autre pot de colle, de l'encre noire et le petit couteau de la cuisine, celui qui coupe très bien.

Après le goûter, j'ai emmené les copains dans ma chambre pour leur montrer les nouvelles petites autos qu'on m'avait achetées, et on était en train de faire des courses entre le pupitre et le lit quand papa est arrivé. Il avait la chemise toute sale, une tache d'encre sur la joue, deux doigts bandés, et il s'essuyait le front avec son bras.

— Venez, les enfants, le château fort est prêt, a dit papa.

— Quel château fort ? a demandé Clotaire.

— Mais tu sais bien, j'ai dit, le château fort !

— Ah oui, le château fort ! a dit Alceste.

Et nous avons suivi papa, qui nous disait que nous allions voir, qu'il était formidable le château fort, qu'on n'en avait jamais vu d'aussi beau et qu'on allait pouvoir bien jouer. En passant devant la salle à manger, papa a dit à maman de venir aussi.

Et c'est vrai qu'il était chouette comme tout, le château fort ! On aurait presque dit un vrai, comme ceux qu'on voit dans les vitrines des magasins de jouets. Il y avait le mât avec le drapeau, un pont-levis comme à la télé quand il y a des histoires de chevaliers, et papa avait mis les soldats de Clotaire sur les créneaux, comme s'ils montaient la garde. Il était très fier, papa, et il avait passé son bras autour de l'épaule de maman. Papa rigolait, maman rigolait de voir rigoler papa, et moi j'étais content de les voir rigoler tous les deux.

— Eh bien, a dit papa, je crois que j'ai bien travaillé, hein ? J'ai mérité mon repos ; alors, je vais me mettre dans ma chaise longue, et vous, vous pourrez jouer avec votre beau château fort.

— Terrible ! a dit Clotaire. Alceste ! Apporte le ballon !

— Le ballon ? a demandé papa.

— À l'attaque ! j'ai crié.

— Le bombardement commence ! a crié Alceste.

Et bing ! bing ! bing ! en trois coups de ballon et quelques coups de pied, on a démoli le château fort, et on a gagné la guerre !

Le cirque

C'est formidable ! Jeudi après-midi, toute la classe est allée au cirque. Nous avons été drôlement étonnés quand le directeur est venu nous prévenir que le patron du cirque invitait une classe de l'école et que c'était la nôtre qui avait été choisie. En général, quand notre classe est invitée le jeudi après-midi, ce n'est pas pour aller au cirque. Ce que je n'ai pas compris, c'est que la maîtresse a fait une tête comme si elle allait se mettre à pleurer. Pourtant, elle était invitée aussi, c'est même elle qui devait nous y emmener, au cirque.

Jeudi, dans le car qui nous conduisait au cirque, la maîtresse nous a dit qu'elle comptait sur nous pour être sages. On a été d'accord, parce que, la maîtresse, on l'aime bien.

Avant d'entrer dans le cirque, la maîtresse nous a comptés, et elle a vu qu'il en manquait un, c'était Alceste, qui était allé acheter de la barbe à papa. Quand il est revenu, la maîtresse l'a grondé.

— Ben quoi, a dit Alceste, il faut bien que je mange, et puis, la barbe à papa, c'est rien bon. Vous en voulez ?

La maîtresse a fait un gros soupir, et elle a dit qu'il était temps d'entrer dans le cirque, on était déjà en retard. Mais il a fallu attendre Geoffroy et Clotaire, qui étaient allés acheter de la barbe à papa, eux aussi. Quand ils sont revenus, la maîtresse n'était pas contente du tout :

— Vous mériteriez de ne pas aller au cirque ! elle a dit.

— C'est Alceste qui nous a donné envie, a expliqué Clotaire, on ne savait pas que c'était défendu.

— Mademoiselle, a dit Agnan, Eudes veut aller aussi acheter de la barbe à papa.

— Tu peux pas te taire, espèce de cafard ? Tu veux un coup de poing sur le nez ? a demandé Eudes.

Alors, Agnan s'est mis à pleurer, il a dit que tout le monde profitait de lui, que c'était affreux, qu'il allait être malade, et la maîtresse a dit à Eudes qu'il allait être en retenue jeudi prochain.

— Alors, ça, c'est formidable ! a dit Eudes. Je ne suis même pas allé en acheter, de la barbe à papa, et je vais être puni, et ceux qui en ont acheté, de la barbe à papa, vous ne leur dites rien.

— Tu es jaloux, a dit Clotaire, voilà ce que tu es ! Tu es jaloux parce que nous, on en a eu, de la barbe à papa !

— Mademoiselle, a demandé Joachim, je peux aller en acheter, de la barbe à papa ?

— Je ne veux plus entendre parler de barbe à papa ! a crié la maîtresse.

— Alors, eux, ils en mangent, de la barbe à papa, et moi je n'ai même pas le droit d'en parler ? C'est pas juste ! a dit Joachim.

— Et t'as pas de veine, a dit Alceste en rigolant, parce qu'elle est drôlement bonne, la barbe à papa !

— Toi, le gros, on ne t'a pas sonné, a dit Joachim.

— Tu veux ma barbe à papa sur la figure ? a demandé Alceste.

— Essaie ! a répondu Joachim, et Alceste lui a mis de la barbe à papa sur la figure.

Joachim, ça ne lui a pas plu, et il a commencé à se battre avec Alceste, et la maîtresse s'est mise à crier, et un employé du cirque est venu et il a dit :

— Mademoiselle, si vous voulez voir le spectacle, je vous conseille d'entrer, c'est commencé depuis un quart d'heure. Vous verrez, à l'intérieur aussi il y a des clowns.

Dans le cirque, il y avait des musiciens qui faisaient des tas de bruits, et un monsieur est venu sur la piste, habillé comme le maître d'hôtel du restaurant où nous avons fait le déjeuner pour l'anniversaire de mémé. Le monsieur a expliqué qu'il allait faire de la magie, et il a commencé à faire apparaître des tas de cigarettes allumées dans ses mains.

— Peuh, a dit Rufus, il y a sûrement un truc, les presgitateurs, c'est pas des vrais magiciens.

— On dit des prestidigitateurs, a dit Agnan.

— On ne t'a rien demandé, a dit Rufus, surtout quand c'est pour dire des bêtises !

— Vous l'avez entendu, mademoiselle ? a demandé Agnan.

— Rufus, a dit la maîtresse, si tu n'es pas sage, je te fais sortir.

— Vous ne voudriez pas les faire sortir tous ? a dit un monsieur derrière nous. J'aimerais voir le spectacle tranquillement.

La maîtresse s'est retournée et elle a dit :

— Mais, monsieur, je ne vous permets pas.

— Et puis, a dit Rufus, mon papa est agent de police, et je lui demanderai de vous mettre des tas de contraventions.

— Regardez, mademoiselle, a dit Agnan, le prestidigitateur a demandé un volontaire, et Joachim y est allé.

Et c'était vrai. Joachim était sur la piste à côté du magicien, qui disait :

— Bravo ! Voilà un petit jeune homme courageux que nous applaudissons.

La maîtresse s'est levée et elle a crié :

— Joachim, ici, tout de suite !

Mais le prestidigitateur, comme dit Agnan, a dit qu'il allait faire disparaître Joachim. Il l'a fait entrer

dans une malle, il a fermé le couvercle, il a fait
« hop ! », et quand il a rouvert la malle, Joachim n'y
était plus.

— Oh, mon Dieu ! a crié la maîtresse.

Alors, le monsieur qui était derrière nous a dit que
ce serait une bonne idée si le magicien voulait nous
mettre tous dans la malle.

— Monsieur, vous êtes un grossier personnage, a
dit la maîtresse.

— Elle a bien raison, a dit un autre monsieur, vous
ne voyez pas que la pauvre petite a assez d'ennuis
comme ça, avec ces gamins ?

— Ouais, a dit Alceste.

— Je n'ai pas de leçons à recevoir de vous, a dit le premier monsieur.

— Vous voulez sortir vous expliquer ? a demandé l'autre monsieur.

— Oh, ça va, a dit le premier monsieur.

— Dégonflé ! a dit le deuxième monsieur, et puis la musique a fait un bruit terrible, et Joachim est revenu, et tout le monde l'applaudissait, et la maîtresse lui a dit qu'il allait être en retenue.

Et puis on a installé une cage sur la piste et on a mis des lions et des tigres dans la cage, et un dompteur est arrivé. Il faisait des choses terribles, le dompteur, et il mettait sa tête dans la bouche des lions, et les gens criaient et faisaient « oooh », et Rufus a dit que le magicien c'était pas un vrai, puisque Joachim était revenu.

— Pas du tout, a dit Eudes, Joachim est revenu, mais d'abord il avait disparu.

— C'était un truc, a dit Rufus.

— Et toi, tu es un imbécile, et j'ai bien envie de t'envoyer une claque, a dit Eudes.

— Silence ! a crié le monsieur derrière nous.

— Vous, ne recommencez pas ! a dit l'autre monsieur.

— Je recommencerai si j'en ai envie, a dit le monsieur, et Eudes a envoyé une claque sur le nez de Rufus.

Les gens disaient « chut », et la maîtresse nous a fait sortir du cirque, et c'est dommage, parce que c'était juste quand les clowns arrivaient sur la piste.

On allait monter dans le car quand on a vu le dompteur s'approcher de la maîtresse.

— Je vous ai observée pendant que je faisais mon numéro, a dit le dompteur. Eh bien, je vous admire. Je dois dire que je n'aurais jamais le courage de faire votre métier !

La pomme

Aujourd'hui, nous sommes arrivés à l'école drôlement contents, parce qu'on allait avoir dessin. C'est chouette quand on a dessin en classe, parce qu'on n'a pas besoin d'étudier des leçons ni de faire des devoirs, et puis on peut parler et c'est un peu comme une récré. C'est peut-être pour ça qu'on n'a pas souvent dessin et que la maîtresse, à la place, nous fait faire des cartes de géographie, et ça c'est pas vraiment du dessin. Et puis, la France c'est très difficile à dessiner, surtout à cause de la Bretagne, et le seul qui aime faire des cartes de géographie c'est Agnan. Mais lui, ça ne compte pas, parce que c'est le premier de la classe et le chouchou de la maîtresse.

Mais comme la semaine dernière on a été très sages et qu'il n'y a pas eu d'histoires, sauf pour Clotaire et Joachim qui se sont battus, la maîtresse nous a dit :

— Bon, demain, apportez vos affaires de dessin.

Et quand nous sommes entrés en classe, nous avons vu qu'il y avait une pomme sur le bureau de la maîtresse.

— Cette fois-ci, a dit la maîtresse, vous allez faire un dessin d'après nature. Vous allez dessiner cette pomme. Vous pouvez parler entre vous, mais ne vous dissipez pas.

Et puis Agnan a levé le doigt. Agnan n'aime pas le dessin, parce que comme on ne peut pas apprendre par cœur, il n'est pas sûr d'être le premier.

— Mademoiselle, il a dit Agnan, de loin je ne la vois pas bien, la pomme.

— Eh bien, Agnan, a dit la maîtresse, approchez-vous.

Alors, on s'est tous levés pour voir la pomme de près, mais la maîtresse s'est mise à frapper sur son pupitre avec sa règle, et elle nous a dit d'aller nous asseoir.

— Mais alors, mademoiselle, comment je vais faire, moi ? a demandé Agnan.

— Si vous ne pouvez vraiment pas voir la pomme, Agnan, a dit la maîtresse, dessinez autre chose, mais soyez sage !

— Bon, a dit Agnan, je vais dessiner la carte de France. Avec les montagnes et les fleuves avec leurs principaux affluents.

Il était très content, Agnan, parce que la carte de France, il la connaît par cœur. Il est fou, Agnan !

Geoffroy, qui a un papa très riche qui lui achète toujours des choses, a sorti de son cartable une boîte de couleurs vraiment terrible. Une de celles avec des tas de pinceaux et un petit pot pour mettre de l'eau dedans, et nous sommes tous allés voir sa boîte. Je vais demander à papa de m'en acheter une comme ça ! Et la maîtresse a tapé encore une fois avec sa règle sur son bureau, et elle a dit que si on continuait on ferait tous des cartes avec les montagnes et les fleuves, comme Agnan. Alors, nous sommes allés nous asseoir, sauf Geoffroy qui a eu la permission d'aller chercher de l'eau pour mettre dans son petit pot. Maixent, qui a voulu sortir avec lui pour l'aider, a eu des lignes.

Eudes a levé le doigt, et il a dit à la maîtresse qu'il ne savait pas comment s'y prendre pour dessiner la pomme et que Rufus, qui était à côté de lui, ne savait pas non plus.

— Faites un carré, a dit la maîtresse. Dans le carré, vous inscrirez plus facilement votre pomme.

Eudes et Rufus ont dit que c'était une bonne idée, ils ont pris leurs règles et ils ont commencé à dessiner leurs pommes.

Clotaire, lui, n'était pas content. Clotaire, c'est le dernier de la classe et il ne peut rien faire s'il ne copie pas sur celui qui est assis à côté de lui. Mais comme celui qui est assis à côté de lui c'est Joachim, et que Joachim est encore fâché parce que Clotaire avait gagné aux billes, alors Joachim, pour embêter Clotaire, au lieu de dessiner la pomme, il dessinait un avion.

Alceste, qui est assis à côté de moi, regardait la pomme en se passant la langue sur les lèvres. Il faut vous dire qu'Alceste est un gros copain qui mange tout le temps.

— Maman, m'a dit Alceste, fait une tarte terrible, avec des pommes. Elle fait ça les dimanches. Une tarte avec des petits trous dessus.

— Comment, avec des petits trous ? j'ai demandé.

— Ben oui, quoi, m'a dit Alceste, tu sais bien. Un jour, si tu viens à la maison, je te montrerai. Et puis tiens, tu vas voir.

Et il m'a dessiné la tarte, pour me montrer, mais il a dû s'arrêter pour manger une de ses tartines de la ré-cré. Il me fait rigoler, Alceste : tout ce qu'il voit, ça lui donne envie de manger ! La pomme, moi, ça me faisait plutôt penser à la télé, où il y a un jeune homme qui joue Guillaume Tell, qu'il s'appelle ; et au début de chaque film, il met une pomme sur la tête de son fils, et tchac ! il envoie une flèche dans la pomme, juste au-dessus du fils. Il fait ça toutes les semaines, et il n'a encore jamais raté ; c'est très chouette, « Guillaume Tell », mais c'est dommage qu'il n'y ait pas assez de châteaux forts. C'est pas comme dans un autre film, où il y a tout le temps des châteaux forts, avec des tas de gens qui attaquent et des gens qui leur jettent des choses sur la tête, et moi j'aime bien dessiner les châteaux forts.

— Mais enfin, a dit la maîtresse, que fait Geoffroy ?

— Si vous voulez, je peux aller le chercher, a dit Maixent.

Et la maîtresse lui a dit qu'il était insupportable, et elle lui a encore donné des lignes. Et puis Geoffroy est arrivé, tout mouillé avec son petit pot plein d'eau.

— Eh bien, Geoffroy, a dit la maîtresse, vous en avez mis du temps !

— C'est pas ma faute, a dit Geoffroy. C'est à cause du pot : chaque fois que je voulais monter l'escalier, il se renversait et il fallait que je retourne le remplir.

— Bon, a dit la maîtresse, allez à votre place et mettez-vous au travail.

Geoffroy est allé s'asseoir à côté de Maixent et il a commencé à faire des mélanges avec ses pinceaux, les couleurs et l'eau.

— Tu me prêteras tes couleurs ? a demandé Maixent.

— Si t'en veux, t'as qu'à demander à ton papa de t'en acheter, a dit Geoffroy. Le mien n'aime pas que je prête mes affaires.

Il a raison, Geoffroy ; les papas sont embêtants pour ça.

— Je me suis fait punir deux fois à cause de tes sales couleurs, a dit Maixent. Et puis d'abord, t'es un imbécile !

Alors, Geoffroy, avec son pinceau, plaf, plaf, a fait deux grosses raies rouges sur la page blanche de Maixent, qui s'est levé d'un coup, fâché comme tout. Il a fait bouger le banc et le pot plein d'eau rouge s'est renversé sur la feuille de Geoffroy. Il en avait même sur la chemise, de l'eau rouge. Geoffroy, il était drôlement furieux ; il a donné plein de claques partout, la maîtresse a crié, on s'est tous levés. Clotaire en a profité pour se battre avec Joachim qui avait

dessiné tout un tas d'avions, et le directeur de l'école est entré.

— Bravo ! il a dit. Bravo ! Félicitations ! Je vous entends de mon bureau ! Que se passe-t-il ici ?

— Je... Je leur faisais une classe de dessin, a dit la maîtresse, qui est chouette, parce qu'elle est toujours embêtée pour nous quand vient le directeur.

— Aha ! a dit le directeur. Nous allons voir ça.

Et il est passé entre les bancs, il a regardé mon châ-teau fort, la tarte d'Alceste, la carte d'Agnan, les avions de Joachim, le papier blanc de Clotaire, les papiers rouges de Maixent et de Geoffroy et le combat naval d'Eudes et de Rufus.

— Et que devaient-ils dessiner, ces jeunes artistes ? a demandé le directeur.

— Une pomme, a dit la maîtresse.

Et le directeur nous a tous mis en retenue pour jeudi.

Les jumelles

Joachim est arrivé à l'école, aujourd'hui, avec des jumelles.

— J'aidais ma mère à faire de l'ordre dans le grenier, hier, il nous a expliqué, et je les ai trouvées dans une malle. Ma mère m'a dit que mon père les lui avait achetées pour aller au théâtre et au foot, mais, comme il a acheté aussi un poste de télé tout de suite après, elles n'ont presque jamais servi.

— Et ta mère t'a laissé apporter les jumelles à l'école ? j'ai demandé, parce que je sais que les parents n'aiment pas trop que nous emmenions des choses à l'école.

— Ben non, a dit Joachim. Mais comme je vais les rapporter à la maison à midi, ma mère ne saura rien et ça ne fera pas d'histoires.

— Mais qu'est-ce qu'on fait, au théâtre et au foot, avec des jumelles ? a demandé Clotaire, qui est un bon copain mais qui ne sait jamais rien de rien.

— Que t'es bête, a dit Joachim, les jumelles, ça sert à voir tout près les choses qui sont très loin !

— Oui, a dit Maixent. J'ai vu un film avec des bateaux de guerre, une fois, et le commandant il regardait par ses jumelles et il voyait les bateaux des ennemis, et boum, boum, boum, il les coulait, et sur un des bateaux des ennemis, le commandant c'était un copain à lui, ils ne s'étaient pas vus depuis longtemps, et il était sauvé par le commandant du bateau qui avait les jumelles, mais l'autre ne voulait pas lui serrer la main parce que ça ne lui avait pas plu que l'autre lui coule son bateau, et il disait qu'ils ne deviendraient plus copains de nouveau qu'à la fin de la guerre, mais ils devenaient copains avant, parce que, comme le bateau était coulé, l'autre commandant sauvait le commandant qui avait des jumelles.

— Et au théâtre et au foot, c'est la même chose, a dit Joachim.

— Ah ! bon, a dit Clotaire.

Mais moi, je le connais bien, Clotaire. J'ai vu qu'il n'avait rien compris.

— Tu me les prêtes ? on a tous crié.

— Oui, a dit Joachim, mais faites attention que le Bouillon ne vous voie pas, parce que, sinon, il confisquerait les jumelles et ça ferait des histoires à la maison.

Le Bouillon, c'est notre surveillant ; ce n'est pas son vrai nom et il est comme nos parents : il n'aime pas qu'on apporte des choses à l'école.

Joachim nous a montré comment faire pour bien voir par les jumelles : il faut tourner une petite roue, et d'abord on voit mal, et puis après c'est terrible, on voit l'autre bout de la cour comme s'il était tout près. Eudes nous a fait rigoler en essayant de marcher tout en regardant par les jumelles. On a tous essayé, et c'est très difficile parce qu'on a toujours l'impression qu'on va se cogner contre des types qui sont très loin.

— Faites attention avec le Bouillon, a dit Joachim, drôlement inquiet.

— Ben non, a dit Geoffroy, qui avait les jumelles, je le vois bien et il ne regarde pas par ici.

— Ça, c'est formidable, a dit Rufus. Avec les jumelles de Joachim on peut surveiller le Bouillon sans qu'il nous voie, et comme ça on peut être tranquilles pendant les récrés !

Nous, on a tous trouvé que c'était une idée terrible, et puis Joachim a dit que les jumelles serviraient drôlement à la bande quand on se battrait avec des ennemis, parce qu'on verrait ce qu'ils font de très loin.

— Comme pour le coup des bateaux de guerre ? a demandé Clotaire.

— C'est ça, a dit Joachim. Et puis, aussi, on peut avoir un des copains de la bande qui fait des signaux de loin, et nous on saurait ce qui se passe. Tiens, on va s'entraîner.

Ça aussi, c'était une idée terrible, et on a dit à Clotaire d'aller à l'autre bout de la cour et de nous faire des signaux pour voir si on le voyait bien.

— Quels signaux ? a demandé Clotaire.

— Ben n'importe quoi, a répondu Joachim. Tu fais des gestes, des grimaces…

Mais Clotaire ne voulait pas y aller, parce qu'il disait qu'il voulait regarder aussi par les jumelles, et puis Eudes lui a dit que s'il n'y allait pas, il lui donnerait un coup de poing sur le nez, parce que quand on fait partie de la bande, on n'a pas le droit de ne pas s'entraîner contre des ennemis, et que si Clotaire n'y allait pas il serait un lâche et un traître. Et Clotaire y est allé.

Quand il est arrivé à l'autre bout de la cour, Clotaire s'est retourné vers nous et il a commencé à faire des tas de gestes, et Joachim regardait par ses jumelles en rigolant, et puis après j'ai regardé aussi, et c'est vrai que c'était rigolo de voir Clotaire qui faisait des tas de grimaces en louchant et en tirant la langue, et j'avais l'impression qu'avec la main j'allais pouvoir lui toucher la figure.

Et puis j'ai vu, tout d'un coup, le Bouillon tout près de Clotaire et j'ai vite rendu les jumelles à Joachim.

Mais heureusement, à l'autre bout de la cour, le Bouillon ne nous regardait pas, et après avoir parlé avec Clotaire il est parti en remuant la tête des tas de fois. Et Clotaire est venu vers nous en courant.

— Il m'a demandé si j'étais fou, nous a dit Clotaire, de faire comme ça des grimaces, tout seul.

— Et tu lui as expliqué pourquoi tu les faisais, les grimaces ? a demandé Eudes.

— Non, monsieur, a répondu Clotaire. Je ne suis ni un lâche, ni un traître, moi !

Alors, Alceste, qui n'avait pas encore vu Clotaire par les jumelles, parce qu'il finissait une brioche, s'est essuyé les mains et il a dit à Clotaire de retourner faire des signaux au bout de la cour ; mais Clotaire a dit que non, qu'il en avait assez, que c'était à son tour de regarder et au nôtre de faire des signaux, et que si on n'y allait pas on était tous des lâches et des traîtres. Alors, comme il avait raison, Joachim lui a prêté les jumelles et nous sommes tous allés au bout de la cour, et on a commencé à faire des tas de signaux à Clotaire, et puis on a entendu la grosse voix du Bouillon :

— Ce n'est pas un peu fini, non ? J'en avais déjà attrapé un à faire le pitre, à cet endroit même, et maintenant vous vous y mettez tous ! Regardez-moi bien dans les yeux ! Je ne sais pas ce que vous manigancez, mais je vous préviens : je vous surveille, mes gaillards !

Alors on est revenus vers Clotaire, et Clotaire nous a dit qu'il avait découvert un truc terrible : il s'était trompé avec les jumelles et il avait regardé par le gros bout. Et là, on voyait les choses très loin, et toutes petites.

— Tu rigoles ? a demandé Rufus.

— Non, a dit Joachim, c'est vrai... Tiens, rends-moi les jumelles, Clotaire... Bon... Eh bien maintenant, là, je vous vois très loin, très loin, et tout petits... Aussi petits et aussi loin que le Bouillon, derrière vous...

Nous, on espère bien que le Bouillon va les lui rendre, les jumelles, à Joachim, à la sortie. D'abord, parce que Joachim est un copain et qu'on ne voudrait pas qu'il ait des histoires chez lui, et ensuite parce qu'à la récré suivante, le Bouillon nous a surveillés tout le temps avec les jumelles.

Et on est presque tous punis !

La punition

— Qu'est-ce que tu m'as dit ? m'a dit maman.

Moi, j'étais drôlement fâché, alors, j'ai dit à maman ce que je lui avais dit, et maman m'a dit :

— Puisque c'est comme ça, pas de glace aujourd'hui.

Alors ça c'était drôlement terrible, parce que tous les jours à quatre heures et demie, il y a un marchand de glaces qui passe devant la maison avec sa petite voiture et une sonnette, et maman me donne des sous pour m'acheter une glace, et il en a au chocolat, à la vanille, à la fraise et à la pistache et moi je les préfère toutes, mais à la fraise et à la pistache c'est chouette parce que c'est rouge et vert. Les glaces, le marchand les vend en cornet, dans des tasses ou sur un bâton, et moi je suis d'accord avec Alceste qui dit que les cornets c'est les mieux, parce que les tasses et les bâtons on ne les mange pas et ça ne sert à rien. Mais avec les tasses il y a une petite cuillère chouette comme tout, et les bâtons c'est amusant à lécher, mais bien sûr, c'est assez dangereux, parce que quelquefois il y a de la glace qui tombe par terre, et c'est très difficile à ramasser. Et moi je me suis mis à pleurer et j'ai dit que si je ne pouvais pas avoir de glace, je me tuerais.

— Qu'est-ce qui se passe ici ? a demandé papa. On égorge quelqu'un ?

— Il se passe, a dit maman, que ton fils a été très méchant et désobéissant avec moi, et que je l'ai puni. Il n'aura pas de glace aujourd'hui.

— Tu as très bien fait, a dit papa. Nicolas ! Tais-toi ! C'est vrai, tu es insupportable depuis quelques jours. Maintenant, cesse de pleurer, ça ne servira à rien ; une bonne leçon ne te fera pas de mal.

Alors moi je suis sorti de la maison, je me suis assis dans le jardin, et je me disais que j'en avais pas envie de leurs sales glaces, et qu'elles me faisaient rigoler leurs glaces, et que je quitterais la maison, et puis je deviendrais très riche, en achetant des terrains — Geoffroy m'a dit que son père avait gagné des tas de sous en achetant des terrains —, et puis un jour je reviendrais à la maison avec mon avion, et j'entrerais en mangeant une glace grosse comme tout, à la fraise et à la pistache, non mais sans blague !

Papa est venu dans le jardin, avec son journal, il m'a regardé, et puis il s'est assis dans la chaise longue. De temps en temps, il baissait son journal pour me regarder, et puis il a dit :

— Ce qu'il peut faire chaud, aujourd'hui.

Mais je n'ai pas répondu, alors papa a fait un soupir, il s'est remis à lire son journal, et puis il m'a regardé de nouveau et il m'a dit :

— Ne reste pas au soleil, Nicolas. Mets-toi à l'ombre.

J'ai pris un caillou dans l'allée, et je l'ai jeté contre l'arbre, mais j'ai raté. Alors j'en ai pris un autre, et avec celui-là, j'ai raté aussi.

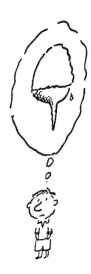

— Bon, bon, a dit papa. Si tu veux continuer à faire ta mauvaise tête, moi, ça ne me dérange pas du tout, mais toi, ça ne t'avancera à rien, mon garçon. Et cesse de jeter des cailloux !

J'ai laissé tomber les cailloux que j'avais dans la main, et avec un petit bâton, j'ai aidé les fourmis à porter leurs paquets.

— Il passe à quelle heure, ce fameux marchand de glaces ? m'a demandé papa.

— À quatre heures et demie, j'ai dit.

Papa a regardé sa montre, il a soupiré, il a repris son journal, et puis il l'a baissé, et il m'a dit :

— Pourquoi es-tu méchant comme ça, Nicolas ? Tu vois ce qui arrive après ? Tu crois que ça nous fait plaisir à maman et à moi de te punir ?

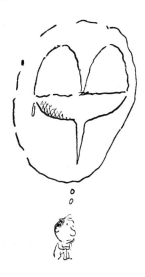

Alors, je me suis mis à pleurer, j'ai dit que c'était pas juste, et que je ne l'avais pas fait exprès. Papa s'est levé de sa chaise longue, et il est venu à côté de moi, il s'est penché, il m'a dit que j'étais un homme, qu'un homme ça ne pleurait pas, il m'a mouché, il m'a caressé la tête, et il m'a dit :

— Écoute Nicolas, je vais aller parler à ta mère. Après, tu iras lui demander pardon, et tu lui promettras de ne plus jamais, jamais recommencer. D'accord ?

— Oh oui ! j'ai dit.

Alors papa — ce qu'il peut être chouette — est entré dans la maison, et moi j'ai pensé que je la prendrais à la vanille et à la pistache, parce que blanc et vert c'est joli aussi, et puis, j'ai entendu crier dans la maison, et papa est revenu dans le jardin, tout rouge, il s'est assis dans sa chaise longue, il a repris son journal, et puis il l'a chiffonné et il l'a jeté par terre. Et puis il m'a regardé et il a crié :

— Ah, et puis laisse-moi tranquille avec ta glace ! Tu n'avais qu'à être sage. Maintenant on n'en parle plus ! Compris ?

Alors moi je me suis mis à pleurer, et M. Blédurt (c'est notre voisin) a penché sa grosse tête par-dessus la haie.

— Qu'est-ce qu'il y a ? il a demandé.

— Oh toi, a crié papa, on ne t'a pas sonné !

— Pardon, pardon, a dit M. Blédurt. On ne m'a peut-être pas sonné, mais on a attiré mon attention par des hurlements inhumains. Et quand on écorche vif quelqu'un à côté de chez moi, j'estime être de mon devoir de me renseigner avant de faire appel à la police.

— Très drôle, a dit papa. Ha ! ha !

— On ne veut pas m'acheter de glace ! j'ai crié.

— La situation financière de la maison est-elle donc devenue à ce point précaire ? a demandé M. Blédurt.

— Nicolas est puni, et pour la dernière fois, mêle-toi de ce qui te regarde, Blédurt ! a crié papa.

— Sans rire, a dit M. Blédurt. Tu ne crois pas que tu es un peu sévère avec ce pauvre gosse ?

— C'est ma femme qui l'a puni ! a crié papa.

— Ah, alors, si c'est ta femme…, a dit M. Blédurt en rigolant.

— Pour la dernière fois, Blédurt, a dit papa, tu rentres dans ta tanière, ou tu veux la paire de baffes que je te promets depuis longtemps ? Et je te préviens, je ne plaisante pas !

— J'aimerais bien voir ça, a dit M. Blédurt.

Et puis maman est sortie de la maison avec son filet à provisions.

— Je vais faire des courses pour le dîner, a dit maman.

— Écoute, a dit papa, tu ne crois pas que...

— Non, non et non ! a crié maman. C'est très sérieux ! Si nous cédons maintenant, cette leçon ne servira à rien ! Il faut qu'il comprenne une fois pour toutes qu'il n'a pas le droit de dire et de faire n'importe quoi ! C'est à son âge que nous devons faire son éducation ! Je ne veux pas avoir à me reprocher plus tard que si ton fils est un dévoyé, c'est parce que nous avons été trop faibles avec lui ! Non, non et non !

— Je pense que la leçon a porté, a dit M. Blédurt. Il n'est peut-être pas nécessaire de...

Maman s'est tournée d'un coup vers M. Blédurt, et j'ai eu peur, parce que je ne l'avais jamais vue aussi fâchée.

— Je suis désolée d'avoir à vous faire remarquer, a dit maman, que cette affaire ne concerne que nous. Je vous prierai donc de ne pas intervenir !

— Mais, a dit M. Blédurt, je voulais seulement...

— Et toi, a crié maman à papa, tu restes là sans rien dire, pendant que ton ami...

— Ce n'est pas mon ami, a crié papa, et...

— Je ne suis l'ami de personne ! a crié M. Blédurt. Débrouillez-vous entre vous parce qu'entre nous, c'est fini ! Et bien fini !

M. Blédurt est parti, et maman s'est tournée vers papa.

— Bon, maintenant je vais aller faire des courses, a dit maman, et que je n'apprenne pas que tu as offert une glace à ton fils pendant mon absence !

— Je ne veux plus entendre parler de glaces ! a crié papa.

Maman est sortie, et puis j'ai entendu la sonnette de la voiture du marchand de glaces, alors je me suis mis à pleurer. Papa a crié que si je continuais cette comédie, il allait me donner la fessée, et il est entré dans la maison en faisant claquer la porte derrière lui.

Pendant le dîner, personne ne parlait parce que tout le monde était fâché avec tout le monde. Et puis, maman m'a regardé, et elle m'a demandé :

— Bon, Nicolas, tu vas être gentil, maintenant ? Tu ne feras plus jamais de peine à ta maman ?

Moi, j'ai pleuré un coup et puis j'ai répondu que je serais gentil, et que je ne ferais plus jamais de peine à maman ; parce que c'est vrai, je l'aime bien, maman.

Alors maman s'est levée, elle est allée à la cuisine, et elle est revenue en rigolant, et en apportant devinez quoi ? Une grande glace à la fraise dans une assiette !

Moi, j'ai couru embrasser maman, je lui ai dit qu'elle était la plus chouette maman du monde, elle m'a dit que j'étais son petit lapin à elle, et de la glace, j'en ai eu des tas et des tas. Parce que papa n'en a pas voulu. Il est resté là assis, en regardant maman avec des gros yeux ronds.

Tonton Eugène

Tonton Eugène est venu dîner à la maison. On ne le voit pas souvent, tonton Eugène, parce qu'il voyage tout le temps, très loin, à Saint-Étienne et à Lyon. Moi, je raconte aux copains que tonton Eugène est explorateur, mais ce n'est pas tout à fait vrai ; s'il voyage, c'est pour vendre des choses, et il paraît qu'il gagne des tas d'argent. Moi, j'aime bien quand il vient, tonton Eugène, parce qu'il est très rigolo ; il fait tout le temps des farces et il rit très fort. Il raconte aussi des blagues, mais je ne les ai jamais entendues, parce que quand il commence à les raconter, on me fait sortir.

C'est papa qui a ouvert la porte à tonton Eugène, et ils se sont embrassés sur les joues. Moi, ça me fait drôle de voir papa embrasser un monsieur, mais il faut dire que tonton Eugène n'est pas un vrai monsieur : c'est le frère de papa. Et puis, tonton Eugène a embrassé maman, et il lui a dit que la seule chose bien qu'avait faite son frère (papa), ça avait été de se marier avec elle. Maman a beaucoup ri et elle a dit à tonton Eugène qu'il ne changerait jamais. Alors, tonton Eugène m'a pris dans ses bras, il m'a fait « youp-là », il m'a dit que j'avais beaucoup grandi et que j'étais son neveu préféré, et puis il nous a donné des cadeaux : douze cravates pour papa, six paires de bas pour maman et trois pull-overs pour moi. Il fait toujours de drôles de cadeaux, tonton Eugène !

Nous sommes entrés dans le salon, et tonton Eugène a offert un cigare à papa.

— Ah ! non, a dit papa, je les connais, tes cigares explosifs !

— Mais non, a dit tonton Eugène. D'ailleurs, tiens, regarde, je vais fumer celui-ci. Tu vois ? Allez, prends-en un, ils viennent de Hollande !

— Vous n'allez pas fumer avant le dîner ? a dit maman.

Et pan ! le cigare de papa a explosé. Ce qu'on a pu rigoler, surtout tonton Eugène ! Papa, il a rigolé aussi, et il a servi l'apéritif. Mais quand tonton Eugène a commencé à boire, il a fait une grimace terrible et il a tout craché sur le tapis, et papa a rigolé tellement qu'il a dû s'appuyer sur la cheminée, et il nous a expliqué que ce n'était pas vraiment de l'apéritif qu'il y avait dans la bouteille, mais du vinaigre. Alors, tonton Eugène a rigolé aussi, et il a donné une baffe à papa, qui a passé ses mains sur les cheveux de tonton Eugène pour le dépeigner. Ce que c'est chouette alors, quand tonton Eugène vient à la maison !

Maman est partie à la cuisine pour finir de préparer le dîner, et papa a dit à tonton Eugène de s'asseoir sur le fauteuil bleu.

— Pas si bête, a dit tonton Eugène, et il est allé s'asseoir dans le fauteuil vert, celui qui a une brûlure de cigarette, même que ça a fait des histoires

entre papa et maman ; et tonton Eugène s'est levé en poussant un cri, parce que papa avait mis une punaise sur le coussin. Moi, j'avais mal au ventre, tellement je riais.

— Allez ! a dit tonton Eugène, on ne se fait plus de blagues. D'accord ?

— D'accord, a dit papa en s'essuyant les yeux.

Et tonton Eugène a tendu la main à papa, papa l'a serrée et il a crié, parce que dans sa main, tonton Eugène il avait un petit appareil qui a fait « bzjt » et c'est terrible ; Geoffroy avait amené le même à l'école et il a failli être renvoyé parce qu'Agnan s'est plaint.

— À table ! a dit maman.

Tonton Eugène a donné une grande claque sur le dos de papa et nous sommes allés dans la salle à manger. Tonton Eugène me faisait des signes pour que je ne dise pas à papa qu'il lui avait collé une étiquette où il y avait écrit « Soldes » sur le veston.

Avant de s'asseoir, tonton Eugène a bien vérifié sa chaise, et puis il s'est assis et maman a apporté la soupe. Papa a versé du vin dans les verres, moi j'en ai eu un tout petit peu avec beaucoup d'eau : c'est joli, c'est tout rose, et tonton Eugène a dit qu'il ne boirait pas avant papa. Papa a dit que tonton Eugène était bête comme tout, il a bu, alors tonton Eugène a bu à son tour, mais son verre était spécial, avec des petits trous, et il y a plein de vin qui est tombé sur la cravate et sur la chemise de tonton Eugène.

— Oh ! a crié maman, votre cravate, Eugène ! Là, vous exagérez, tous les deux.

— Mais non, mais non, adorable belle-sœur, a dit tonton Eugène. Il fait des choses comme ça parce qu'il est jaloux : il sait que j'ai toujours été le seul sujet brillant de la famille.

Et tonton Eugène a mis la salière dans la soupe de papa. Moi, j'avais du mal à manger, parce que chaque fois que papa et tonton Eugène faisaient les guignols, j'avalais de travers, et il a fallu que les autres m'attendent pour que maman puisse apporter le rôti.

Tonton Eugène allait commencer à couper sa viande quand son assiette a commencé à bouger. Vous savez pourquoi ? Eh bien ! c'est parce que papa avait acheté un nouveau truc : c'est un tuyau qu'on passe sous la nappe, et vous appuyez sur une poire et il y a comme un petit ballon qui se gonfle et qui fait bouger l'assiette. On a tous rigolé et maman a dit qu'il fallait manger avant que ça refroidisse ; alors, tonton Eugène a fait tomber la fourchette de papa, et pendant que papa se baissait pour la ramasser, tonton Eugène lui a mis plein de poivre sur le rôti. Terrible ! Je me demande où papa et tonton Eugène trouvent toutes leurs idées !

Là où on a vraiment rigolé, c'est pour le fromage, parce que quand tonton Eugène a voulu couper le camembert, ça a fait « couic », parce que ce n'était pas un vrai camembert. Et puis il y a eu du gâteau au chocolat, très bon, et pendant que tonton Eugène racontait une histoire à l'oreille de papa, j'ai repris encore du gâteau.

Après, on est revenu au salon, et maman a servi le café, et ce qui était drôle, c'est que le sucre dans la tasse de tonton Eugène s'est mis à fumer, et maman a dû lui donner une autre tasse, et tonton Eugène a tiré sur la cravate de papa, qui a renversé son café à lui. Papa a dû sortir pour se nettoyer, et maman m'a dit que je dise au revoir parce qu'il était l'heure d'aller se coucher.

— Oh ! laisse-moi encore un peu, maman, j'ai demandé.

— De toute façon, a dit tonton Eugène, je vais aller me coucher aussi.

— Comment ! a dit papa, qui est entré en s'essuyant les mains, tu t'en vas déjà ?

— Oui, a répondu tonton Eugène, j'ai conduit toute la journée, je suis fatigué. Mais ça m'a fait vraiment plaisir de passer une soirée tranquille en famille, moi qui suis un vieux célibataire, toujours par monts et par vaux.

Et tonton Eugène m'a embrassé, il a embrassé maman en lui disant qu'il n'avait jamais aussi bien mangé et que son frère avait une veine qu'il ne méritait pas, et papa l'a accompagné en rigolant jusqu'à sa voiture. Et on a entendu un bruit terrible : c'est que papa avait attaché une vieille boîte derrière l'auto de tonton Eugène.

Je rigolais encore quand papa est rentré ; mais papa, lui, il ne rigolait plus du tout, et il m'a appelé dans le salon pour me gronder.

Il m'a dit qu'il n'avait rien voulu dire devant tonton Eugène, mais que je n'aurais jamais dû reprendre deux fois du gâteau sans demander la permission, et que j'étais déjà assez grand pour ne plus me conduire comme un gamin mal élevé.

La fête foraine

On était en train de jouer à cache-cache dans le jardin, Eudes, Geoffroy, Alceste et moi, et on ne s'amusait pas trop, parce qu'il n'y a qu'un arbre dans notre jardin et on trouve tout de suite ceux qui sont cachés derrière. Surtout Alceste, qui est plus large que l'arbre, et même s'il ne l'était pas on le trouverait très vite, parce qu'il mange tout le temps et on l'entend mâcher.

On se demandait ce qu'on allait faire et papa nous conseillait de ratisser les allées, quand on a vu arriver Rufus en courant. Rufus est un copain qui va à la même école que nous et son papa est agent de police.

— Il y a une fête foraine, tout près, sur la place ! nous a dit Rufus.

Nous, on a décidé d'y aller tout de suite, mais papa n'a rien voulu savoir.

— Je ne peux pas vous accompagner à la fête foraine, je dois aller travailler et vous êtes trop petits pour y aller seuls, disait papa.

Mais nous, on a insisté.

— Soyez chic, pour une fois, a dit Alceste.

— On n'est pas si petits que ça, a dit Eudes ; moi, je peux donner un coup de poing sur le nez de n'importe qui.

— Mon papa, quand je lui demande quelque chose, il ne refuse jamais, a dit Geoffroy.

— On sera sages, j'ai dit.

Mais papa faisait « non » de la tête. Alors, Rufus lui a dit :

— Si vous êtes gentil avec nous, je le dirai à mon papa et mon papa, il vous fera sauter les contraventions.

Papa a regardé Rufus, il a réfléchi un moment, et puis il a dit :

— Bon, c'est bien pour vous faire plaisir et surtout pour être agréable à ton papa, Rufus, que je vous laisse aller à la fête. Mais ne faites pas de bêtises et soyez de retour dans une heure.

On a été drôlement contents et moi j'ai embrassé mon papa.

Pour ce qui est des sous, on en avait pas mal. J'ai pris dans ma tirelire les économies que je gardais pour m'acheter un avion, plus tard, quand je serai grand, et Geoffroy a des tas d'argent : son papa, qui est très riche, lui en donne beaucoup.

Il y avait plein de monde dans la fête foraine ; nous, nous avons commencé par les autos tamponneuses. Alceste et moi, on était dans une auto rouge, Eudes et Geoffroy dans une auto jaune, Rufus et le sifflet à roulette que son papa lui avait donné dans une auto bleue. On s'est bien amusé à se rentrer dedans, on criait, on riait et Rufus sifflait et hurlait : « Circulez ! Circulez ! Vous, là-bas, tenez votre droite ! » Le patron du manège nous regardait d'un drôle d'air, comme s'il nous surveillait. Alceste avait sorti de sa poche un morceau de pain d'épices et il était en train de le manger, content comme tout, quand la voiture d'Eudes et Geoffroy nous est rentrée dedans. Sous le choc, Alceste a laissé tomber son pain d'épices.

— Attends-moi, j'arrive, m'a dit Alceste et il a sauté de l'auto pour aller le chercher.

— Hé, là-bas, a crié Rufus, traversez dans les clous !

Le patron du manège a éteint l'électricité et toutes les autos se sont arrêtées.

— Tu n'es pas un peu fou ? a demandé le patron à Alceste, qui avait récupéré son pain d'épices.

— Circulez ! Circulez ! s'est mis à crier Rufus.

Le patron n'était vraiment pas content ; il nous a dit qu'il en avait assez du vacarme que nous faisions et de nos imprudences, il nous a demandé de partir. Moi, j'ai fait remarquer au patron que nous avions payé pour cinq tours et que nous n'en avions fait que quatre. Eudes voulait donner un coup de poing sur le nez du patron ; Eudes est très fort, et il aime bien donner des coups de poing sur le nez. Rufus a demandé au patron de lui montrer ses papiers ; les autres gens se plaignaient parce que les autos ne marchaient pas. Finalement, on s'est arrangé : le patron nous a remboursé les cinq tours et nous avons quitté les autos tamponneuses. Nous en avions d'ailleurs un peu assez et Alceste avait eu très peur de perdre son pain d'épices.

Après nous avons acheté de la barbe à papa. C'est comme de l'ouate, mais c'est meilleur, c'est sucré et on s'en met partout et après on est très collants. Quand on a fini de manger, nous sommes allés dans un manège où il y avait des petits wagons ronds qui tournaient très vite. On a bien rigolé, sauf un

monsieur qui s'est plaint en sortant qu'il avait de la barbe à papa partout, sur sa figure et son costume. Il faut dire que le monsieur était assis dans le wagon derrière celui où se trouvait Alceste, et Alceste, avant de monter dans le manège, avait acheté des tas de barbes à papa pour tenir le coup pendant le voyage.

Après ça, Alceste nous a proposé de voir si on pouvait trouver quelque chose de bon à manger, parce qu'il avait faim. Nous avons acheté de la guimauve et des frites et du chocolat et des caramels et des saucisses et on a bu de la limonade et on ne se sentait pas trop bien après, sauf Alceste qui a proposé qu'on aille dans les avions qui montent et qui descendent. On a accepté, mais on n'aurait pas dû. On a vraiment été très malades dans les avions et le propriétaire du ma-

nège s'est fâché : il disait que ça faisait mauvais effet sur ses clients.

Pour nous reposer un peu, nous avons cherché quelque chose de tranquille à faire. Nous avons décidé d'aller dans le labyrinthe. C'est chouette comme attraction. Il y a plein de couloirs avec des murs en verre transparent, et quand on est dedans, on ne les voit pas, les murs, et c'est très difficile de trouver son chemin. Les gens qui sont dehors vous voient essayer de sortir et ils rient beaucoup, beaucoup plus, en tout cas, que ceux qui sont dans le labyrinthe.

D'abord, on a essayé de se suivre les uns les autres, et puis on a fini par se perdre. On entendait le sifflet de Rufus et Eudes qui criait que si on ne sortait pas de là, il allait donner un coup de poing sur le nez de quelqu'un. Alceste, lui, s'est mis à pleurer, parce qu'il avait faim et qu'il croyait qu'il ne sortirait pas à temps pour le dîner. Tout d'un coup, j'ai vu quelqu'un, dehors, qui ne riait pas : c'était mon papa.

— Sortez de là, garnements ! il a crié.

Nous, on voulait bien, mais on ne savait pas comment. Alors, papa est entré nous chercher dans le labyrinthe. J'ai voulu aller à sa rencontre, mais je me suis trompé de couloir et je me suis trouvé dehors avec Alceste qui me suivait de près. Tandis que je regardais et que j'essayais d'aider les autres qui étaient encore dans le labyrinthe, en leur expliquant comment j'étais sorti, Alceste a filé pour acheter des sandwiches. Rufus est sorti ensuite avec Eudes et Geoffroy.

Celui qui n'arrivait pas à sortir, c'était papa, et en l'attendant, nous avons fait comme Alceste et nous avons mangé des sandwiches, assis sur l'herbe, devant le labyrinthe. C'est à ce moment qu'est arrivé le papa de Rufus, et il n'avait pas l'air de rigoler, lui non

plus : il a secoué Rufus, il lui a dit qu'il était six heures du soir et que ce n'était pas des heures pour rester dehors, surtout pour des enfants sans surveillance. Alors, Rufus lui a dit que nous étions avec mon papa et que nous l'attendions, d'ailleurs, parce qu'il était dans le labyrinthe.

Le papa de Rufus s'est fâché tout rouge et il a demandé au patron du labyrinthe d'aller chercher papa. Le patron y est allé en rigolant et il a ramené papa, qui avait l'air fâché.

— Alors, a dit le papa de Rufus, c'est comme ça que vous surveillez les enfants, c'est ça, l'exemple que vous leur donnez ?

— Mais, a dit mon papa, tout ça c'est de la faute de votre garnement de Rufus ; c'est lui qui a entraîné les autres à la fête foraine !

— Ah ! oui ? a demandé le papa de Rufus, dites-moi, c'est bien à vous la voiture grise qui est garée sur le passage clouté ?

— Oui, et alors ? a répondu mon papa.

Alors, le papa de Rufus a donné une contravention à mon papa.

Les devoirs

Quand papa est revenu de son bureau, ce soir, il portait un gros cartable sous le bras, et il n'avait pas l'air content du tout.

— Je voudrais que nous dînions de bonne heure, a dit papa. Je ramène du travail qui doit être prêt pour demain matin.

Maman a fait un gros soupir et elle a dit qu'elle allait servir tout de suite, et moi j'ai commencé à raconter à papa ce que j'avais fait à l'école aujourd'hui, mais papa ne m'a pas écouté ; il a commencé à sortir des tas de papiers de son cartable et à les regarder. Et c'est dommage que papa ne m'ait pas écouté, parce que ça avait bien marché aujourd'hui à l'école : j'ai mis trois buts à Alceste. Et puis maman est arrivée et elle a dit que c'était servi.

On a très bien mangé ; en général, on mange bien, à la maison : on a eu du potage, du bifteck avec de la purée ; c'est rigolo, la purée, parce qu'on peut faire des dessins dessus avec la fourchette, et du gâteau qui restait de midi. Ce qui était embêtant, c'est que personne ne parlait et quand j'ai voulu expliquer de nouveau à papa le coup des trois buts, il m'a dit : « Mange ! »

Après le dîner, pendant que maman lavait les assiettes dans la cuisine, papa et moi nous sommes allés dans le salon. Papa a mis ses papiers sur la table, où il y avait le vase rose avant qu'il se casse, et moi j'ai joué avec ma petite auto sur le tapis. Vroum !

— Nicolas ! Cesse ce vacarme ! a crié papa.

Alors, moi, je me suis mis à pleurer et maman est venue en courant.

— Qu'est-ce qui se passe ? elle a demandé.

— Il se passe que j'ai du travail, et qu'il me faut la paix ! a répondu papa.

Alors, maman m'a dit que je devais être gentil et que je ne devais pas déranger papa si je ne voulais pas monter tout de suite me coucher. Comme je ne voulais pas monter tout de suite me coucher (le soir, d'habitude, je n'ai pas sommeil), j'ai demandé si je pouvais

84

lire le livre que m'avait donné tonton Eugène, la dernière fois qu'il était venu à la maison. Maman m'a dit
que c'était une très bonne idée. Alors, je suis allé chercher le livre de tonton Eugène, et c'est un livre très
chouette, avec une bande de copains qui cherchent un
trésor, mais ils ont du mal à le trouver, parce qu'ils
n'ont que la moitié de la carte qui pourrait les conduire
jusqu'au trésor, et la moitié qu'ils ont ne sert à rien s'ils
ne trouvent pas l'autre moitié. Et hier, quand maman a
éteint la lumière dans ma chambre, j'étais arrivé à un
moment terrible, là où Dick, c'est le chef des copains,
se trouvait dans une vieille maison avec un bossu.

Et papa s'est mis à crier :

— Saleté de stylo ! Voilà qu'il se met à ne plus
écrire, maintenant ! Nicolas ! Va me chercher ton stylo.

Alors, j'ai laissé mon livre sur le tapis et je suis allé dans ma chambre chercher le stylo que m'avait donné mémé, et je l'ai prêté à papa.

Autour de la maison du bossu, il y avait un drôle d'orage, avec des éclairs et du tonnerre, mais Dick n'avait pas peur ; et puis maman est venue de la cuisine et elle s'est assise dans le fauteuil, en face de papa.

— Je trouve, a dit maman, que M. Moucheboume exagère. Pour ce qu'il te paie, il pourrait éviter de te donner du travail à faire en dehors des heures de bureau.

— Si tu as une meilleure situation à m'offrir, a dit papa, tu serais gentille de me la signaler.

— Bravo ! a dit maman. C'est très fin ce que tu viens de dire là !

— Je ne cherche pas à être fin, a crié papa. Je cherche à finir ce travail pour demain matin, si ma chère famille le permet !

— En ce qui me concerne, a dit maman, tu as ma permission. Je monte écouter la radio dans notre

chambre. Nous reprendrons cette conversation demain, quand tu seras calmé.

Et maman est montée dans sa chambre. Moi, je me suis remis à lire le livre de tonton Eugène, avec le coup, là, de Dick, le chef des copains, dans la maison du bossu. Il y avait un orage terrible, mais Dick n'avait pas peur ; et un des papiers de papa est tombé sur le tapis.

— Zut ! a dit papa. Nicolas ! Ramasse-moi ce papier et va fermer cette porte, là-bas ! C'est extraordinaire qu'on ne sache pas fermer les portes dans cette maison !

Alors, j'ai ramassé le papier, et je suis allé fermer la porte de la salle à manger, c'est vrai qu'on oublie toujours de fermer les portes à la maison, et ça fait des courants d'air ; et puis papa m'a crié que puisque j'y étais, que j'aille lui chercher un verre d'eau dans la cuisine.

Quand j'ai ramené le verre d'eau à papa, je me suis remis au chouette livre de tonton Eugène, avec l'histoire des copains qui ont la moitié de la carte pour trouver le trésor, et un autre papier de papa est tombé sur le tapis et papa m'a dit d'aller fermer la porte de la cuisine.

Quand je suis revenu, papa m'a demandé comment j'écrivais « appartenir » ; alors, moi je lui ai dit que je l'écrivais avec deux « p », deux « t » et deux « n ». Alors papa a fait un gros soupir et il m'a dit d'aller lui chercher le dictionnaire qui était dans la bibliothèque. Avant de l'apporter à papa, j'ai regardé dans le dictionnaire, mais je n'ai pas trouvé « appartenir ». Peut-être que ça s'écrit sans « h ».

J'ai donné le dictionnaire à papa, je me suis couché sur le tapis et je suis arrivé au moment où Dick, pendant l'orage avec les éclairs et le tonnerre, marchait dans les couloirs de la maison du bossu, et puis on a sonné à la porte.

— Va ouvrir, Nicolas, m'a dit papa.

J'y suis allé, et c'était M. Blédurt. M. Blédurt, c'est notre voisin, et il aime bien taquiner papa, mais papa n'aime pas toujours que M. Blédurt le taquine.

— Salut, Nicolas, m'a dit M. Blédurt. Ton malheureux père est là ?

— Retourne dans ta niche, Blédurt, a crié papa du salon. Ce n'est pas le moment de venir me déranger ! Va-t'en !

Alors, M. Blédurt est venu avec moi dans le salon, et pendant que je me remettais à lire là où Dick est dans le couloir de la maison du bossu, pendant l'orage, M. Blédurt a dit :

— Je venais voir si tu ne voulais pas jouer aux dames.

— Tu ne vois pas que je suis occupé, non ? a dit papa. J'ai un travail important à finir pour demain matin.

— Tu te laisses faire par ton patron, et il en profite, a dit M. Blédurt. Moi, je suis un travailleur indépendant, mais si j'avais un patron, et si mon patron voulait me donner du travail en dehors des heures de bureau, je lui dirais à mon patron, je lui dirais…

— Tu ne lui dirais rien du tout, a crié papa. D'abord parce que tu es un dégonflé, et ensuite parce qu'aucun patron ne voudrait de toi.

— Qui est un dégonflé, et qui ne voudrait pas de qui ? a demandé M. Blédurt.

— Tu m'as entendu, a dit papa. Si tu ne comprends pas facilement, ce n'est pas ma faute. Maintenant, laisse-moi travailler.

— Ah ! oui ? a demandé M. Blédurt.

— Oui, a répondu papa.

Alors, moi, j'ai ramassé mon livre, je l'ai mis sous mon bras et j'ai crié :

— J'en ai assez ! Je monte me coucher !

Et je suis parti, pendant que papa et M. Blédurt, qui se tenaient par la cravate, me regardaient avec des grands yeux tout étonnés. C'est vrai, quoi, à la fin, c'était la vingtième fois que je relisais la même page de mon livre !

Vous voulez que je vous dise ? Moi je trouve qu'on leur donne trop de travail, à nos papas. Alors, nous, quand nous revenons à la maison, fatigués par toute une journée à l'école, eh bien, il n'y a rien à faire pour avoir un peu de tranquillité !

Flatch flatch

« Allons, Nicolas ! C'est l'heure de prendre ton bain », m'a dit maman, et moi je lui ai dit que non, que c'était pas la peine, qu'après tout, je n'étais pas si sale que ça, et qu'à l'école Maixent a toujours les genoux sales et que pourtant sa maman ne le baigne pas souvent, et que je prendrais un bain demain sans faute, et que ce soir, je ne me sentais pas bien du tout. Alors, maman a dit que c'était toujours la même comédie avec moi, que pour me faire prendre un bain, c'était terrible et qu'après c'était tout un travail pour me faire sortir de la baignoire, et qu'elle en avait assez, et papa est arrivé.

— Alors, Nicolas, m'a dit papa, qu'est-ce que c'est que cette histoire ? Pourquoi ne veux-tu pas prendre ton bain ? C'est agréable pourtant, un bain !

Alors moi j'ai dit que non, que ce n'était pas agréable du tout, que maman me passait l'éponge sur la figure, flatch, flatch, et qu'elle me mettait du savon partout dans les yeux et dans le nez, et que ça piquait, et que je n'étais pas si sale que ça, et que demain sans faute je prendrais un bain, parce que ce soir je ne me sentais pas bien.

— Et si tu le prenais tout seul, ton bain, m'a demandé papa, tu serais d'accord ? Comme ça, tu ne te mettrais pas du savon dans les yeux.

— Mais c'est de la folie, a dit maman ; il est trop petit ! Il ne saura jamais prendre son bain tout seul, voyons !

— Trop petit ? a dit papa. Mais c'est un grand garçon, notre Nicolas, ce n'est plus un bébé, et il peut très bien prendre son bain tout seul ; n'est-ce pas, Nicolas ?

— Oh ! oui, j'ai dit. Et puis, à l'école, les copains, Alceste, Rufus et Clotaire m'ont dit qu'ils prennent leur bain tout seuls. C'est vrai, quoi, à la fin, à la maison, moi, c'est jamais comme les autres !

Bien sûr, je n'ai pas parlé de Geoffroy, qui m'a dit que c'était sa gouvernante qui le baignait. Mais il ne faut pas croire tout ce qu'il dit, Geoffroy ; il est drôlement menteur.

— Parfait ! a dit papa à maman. Alors, va lui faire couler son bain, à cet homme. Il va se débrouiller comme un grand.

Maman, elle a hésité, et puis elle m'a regardé avec des yeux tout drôles, et puis elle est partie très vite en disant qu'elle allait faire couler le bain et que je me dépêche pour que l'eau ne refroidisse pas. Moi, j'ai été étonné que maman ait l'air si embêté.

— C'est que, m'a expliqué papa, il y a des fois où ça lui fait de la peine à ta maman, de te voir grandir. D'ailleurs, tu comprendras plus tard qu'avec les femmes, il ne faut pas chercher à comprendre.

Papa, il dit comme ça, des fois, des choses qui ne veulent rien dire, pour rigoler. Il m'a passé la main sur les cheveux et il m'a dit de me dépêcher, parce que maman m'appelait de la salle de bains. Elle avait une drôle de voix, maman !

Moi, j'étais drôlement fier de prendre mon bain tout seul, parce que c'est vrai, ça fait au moins deux anniversaires que je suis un grand. Et puis, pour le coup de l'éponge, moi, je la passerai autour de la figure, mais pas dessus. Et je suis allé dans ma chambre pour prendre les choses dont j'avais besoin pour le bain. J'ai pris le petit bateau à voile qui n'a plus de voile ; c'est dommage et il faudra que je lui en remette une ! J'ai pris aussi le bateau en fer qui a une cheminée et une hélice ; il ne flotte pas très bien, mais il est chouette pour jouer au bateau qui coule, comme dans un film que j'ai vu, mais où tout le monde était sauvé, même le commandant du bateau qui ne voulait pas se jeter à l'eau. Et avec un chouette costume comme le sien, moi non plus j'aurais pas voulu !

J'ai pris la petite auto bleue pour faire l'accident de l'auto qui tombe dans la mer ; j'ai pris le bateau de guerre, celui qui avait des canons avant que je le prête à Alceste ; et j'ai pris les trois soldats de plomb et le petit cheval de bois pour faire les passagers.

Je n'ai pas pris l'ours à cause des poils qui lui restent, parce que les autres, je les ai enlevés avec le vieux rasoir de papa, celui qui ne marche plus ; c'est vrai, une fois, je l'avais mis dans l'eau, l'ours, et il a laissé des poils partout dans la baignoire, et maman n'a pas été contente. Et puis l'ours n'était pas très beau après le coup du bain, et moi, je n'aime pas faire du mal à mes jouets. Je suis très soigneux.

Quand maman m'a vu entrer dans la salle de bains avec mes jouets, elle a ouvert les yeux tout grands.

— Tu ne vas pas mettre toutes ces saletés dans la baignoire ? elle m'a dit.

— Allons, chérie, a dit papa qui est arrivé, laisse Nicolas se débrouiller tout seul. Qu'il se baigne comme il l'entend. Il faut qu'il prenne conscience de ses responsabilités.

— Mais tu ne crois pas que c'est dangereux de le laisser tout seul ? a demandé maman.

— Dangereux ? a dit papa en rigolant. Tu ne crois tout de même pas qu'il va se noyer dans la baignoire, non ? Tu ne fais pas tant d'histoires à la plage, quand il va dans la mer. Allez, viens, laissons-le.

— Ne reste pas trop longtemps, et lave-toi bien derrière les oreilles, et si tu as besoin de moi, appelle-

moi, je viendrai te voir tout à l'heure, et ne touche pas aux robinets, m'a dit maman.

Et puis, elle s'est mouchée et elle est partie avec papa qui rigolait.

Moi, je me suis vite déshabillé et je me suis mis dans la baignoire ; l'eau était un peu trop chaude, houlà houlà, mais on s'y habitue vite. J'ai commencé à jouer avec le savon ; c'est un savon très chouette qui fait des tas de mousse, et puis, j'ai pris l'éponge et je l'ai appuyée sur mon cou ; c'est rigolo avec l'eau qui en sort, et puis maman a ouvert la porte :

— Ça va ? elle a demandé.

— Laisse-le un peu tranquille, a crié papa d'en bas. Tu exagères, à la fin ! Il n'a plus cinq ans !

Et maman est partie. Alors, comme à cause du savon on ne pouvait plus voir à travers l'eau, c'était tout à fait comme la mer. J'ai pris le bateau sans voile et je l'ai mis dans l'eau, au port, contre le bord de la baignoire, et puis j'ai fait couler le bateau avec la cheminée, avec les trois soldats et le cheval dedans. Mais il a coulé drôlement vite, le bateau, et le seul qui s'est sauvé, c'est le cheval, qui flottait parce qu'il était en bois, et j'ai fait comme si lui aussi était un bateau.

Et puis, je me suis rappelé du petit scaphandrier que m'a envoyé mémé, et je me suis dit qu'il serait chouette pour aller chercher les soldats. Alors, je suis sorti de la baignoire, sans m'essuyer et sans m'habiller pour faire plus vite, et j'ai couru dans ma chambre. Il faisait drôlement froid.

J'étais à peine entré dans ma chambre que j'ai entendu un grand cri terrible dans la salle de bains ; j'y suis allé en courant, et j'ai vu maman penchée sur la

baignoire, en train de remuer l'eau, comme si elle cherchait les soldats.

— Qu'est-ce qu'il y a ? j'ai demandé.

Alors, ça a été terrible ! Maman s'est retournée d'un coup, elle a crié, elle m'a pris dans ses bras, ça a mouillé toute sa robe, et puis elle m'a donné deux grosses claques, mais pas sur la figure, et nous avons pleuré tous les deux.

Il a vraiment raison, papa, quand il dit que les mamans faut pas chercher à comprendre. Et puis le pire, c'est que pour prendre mon bain tout seul, comme un grand, c'est fichu ; c'est de nouveau maman qui me fait le coup de l'éponge sur la figure, flatch, flatch.

Le repas de famille

Aujourd'hui, c'est un chouette jour ! C'est l'anniversaire de mémé, qui est la maman de ma maman, et tous les ans, pour l'anniversaire de mémé, la famille se réunit dans un restaurant pour déjeuner et on rigole bien.

Quand papa, maman et moi sommes arrivés au restaurant, tout le monde était déjà là. Il y avait une grande table au milieu du restaurant, avec des fleurs dessus et la famille autour qui criait, riait et nous disait bonjour. Les autres clients du restaurant ne criaient pas, mais ils riaient.

Nous sommes allés embrasser mémé, qui était assise au bout de la table, et papa lui a dit :

— Chaque année qui passe vous rajeunit, belle-mère.

Et mémé lui a répondu :

— Vous par contre, gendre, vous avez l'air fatigué, vous devriez faire attention.

Et puis, il y avait l'oncle Eugène, le frère de papa, qui est gros, rouge et qui rit tout le temps.

— Comment vas-tu… yau de poêle ? il a dit à papa et ça m'a fait rigoler parce que je ne la connaissais pas, celle-là, et je la répéterai aux copains.

J'aime bien l'oncle Eugène : il est très drôle, il raconte toujours des blagues. Ce qui est dommage, c'est que, quand il commence à les raconter, on me fait sortir. Il y avait aussi l'oncle Casimir, qui ne dit jamais grand-chose, et la tante Mathilde, qui parle tout le temps ; la tante Dorothée, qui est la plus vieille et qui gronde tout le monde ; Martine, qui est la cousine de maman et qui est drôlement jolie, et papa le lui a dit et maman a dit à Martine que c'était vrai, mais qu'elle devrait changer de coiffeur parce que sa mise en plis était ratée. Il y avait aussi l'oncle Sylvain et la tante Amélie, qui est souvent malade ; elle a eu des tas d'opérations et elle les raconte tout le temps. Elle a raison de les raconter, parce que les opérations ont drôlement réussi : tante Amélie a vraiment bonne mine. Et puis, il y avait mes cousins à moi, que je ne vois pas souvent parce qu'ils habitent très loin. Il y a Roch et Lambert, qui sont un peu plus petits que moi et qui sont tout pareils parce qu'ils sont nés le même jour ; leur sœur Clarisse qui a mon âge et une robe bleue, et le cousin Éloi, qui est un peu plus grand que moi, mais pas beaucoup.

Tous les grands nous ont caressé la tête à Roch, Lambert, Clarisse, Éloi et moi. Ils nous ont dit qu'on avait beaucoup grandi, ils nous ont demandé si on travaillait bien à l'école, combien ça faisait 8 fois 12 et l'oncle Eugène m'a demandé si j'avais une fiancée et maman a dit :

— Eugène, vous ne changerez jamais.

— Bon, a dit mémé, si on s'asseyait, il se fait tard.

Alors, chacun a commencé à chercher où s'asseoir. Eugène a dit qu'il allait placer tout le monde.

— Martine, il a dit, vous vous mettrez là à côté de moi, Dorothée à côté de mon frère…

Mais papa l'a interrompu en disant que ce n'était pas la bonne façon, que lui il pensait... Alors, tante Dorothée n'a pas laissé finir papa, elle lui a dit qu'on n'était pas plus aimable et qu'on se voyait pas souvent et qu'on pourrait faire un effort pour être poli. Martine s'est mise à rigoler, mais papa ne rigolait pas ; il a dit à l'oncle Eugène qu'il fallait toujours qu'il se fasse remarquer ; mémé a dit que ça commençait bien et un garçon qui paraissait plus important que les autres s'est approché de mémé et il a dit qu'il se faisait tard et mémé a dit que le maître d'hôtel avait raison et que tout le monde se place n'importe comment et tout le monde s'est assis, la cousine Martine à côté de l'oncle Eugène et la tante Dorothée à côté de papa.

— J'ai pensé, a dit le maître d'hôtel, que nous pourrions mettre les enfants ensemble au bout de la table.

— Très bonne idée, a dit maman.

Mais Clarisse, alors, s'est mise à pleurer en disant qu'elle voulait rester avec les grands et avec sa maman et qu'il fallait qu'on lui coupe sa viande et que ce n'était pas juste et qu'elle allait être malade. Tous les autres clients du restaurant avaient cessé de manger et nous regardaient. Le maître d'hôtel est venu en courant, il avait l'air assez embêté.

— Je vous en prie, il a dit, je vous en prie.

Alors, tout le monde s'est levé pour laisser une place pour Clarisse à côté de sa maman, tante Amélie. Quand ils se sont rassis, tout le monde avait changé de place, sauf l'oncle Eugène qui était toujours à côté de Martine et papa qui était entre tante Dorothée et tante Amélie qui a commencé à lui raconter une opération terrible.

J'étais assis au bout de la table avec Roch, Lambert et Éloi. Les garçons ont commencé à apporter des huîtres.

— Pour les enfants, a dit tante Mathilde, pas d'huîtres, un peu de charcuterie.

— Pourquoi est-ce que je n'aurais pas d'huîtres ? a crié Éloi.

— Parce que tu n'aimes pas ça, mon chéri, a répondu tante Mathilde, qui est la maman d'Éloi.

— Si, j'aime ça ! a crié Éloi. Je veux des huîtres !

Le maître d'hôtel s'est approché, très embêté, et tante Mathilde a dit :

— Donnez quelques huîtres au petit.

— Drôle de système d'éducation, a dit tante Dorothée.

Ça, ça n'a pas plu à tante Mathilde.

— Ma chère Dorothée, elle a dit, laissez-moi élever mon enfant comme je l'entends. De toute façon, comme célibataire, vous n'y connaissez rien, à l'éducation des enfants.

Tante Dorothée s'est mise à pleurer, elle a dit que personne ne l'aimait et qu'elle était très malheureuse, comme fait Agnan à l'école quand on lui dit qu'il est le chouchou de la maîtresse. Tout le monde s'est levé pour consoler tante Dorothée et puis le maître d'hôtel est arrivé avec les garçons qui portaient des tas d'huîtres.

— Assis ! a crié le maître d'hôtel.

La famille s'est assise et j'ai vu que papa avait essayé de changer de place, mais il n'a pas réussi.

— T'as vu ? m'a dit Éloi, moi j'ai des huîtres.

Je n'ai rien dit et je me suis mis à manger mon saucisson. Éloi, il regardait ses huîtres, mais il ne les mangeait pas.

— Alors, a demandé tante Mathilde, tu ne les manges pas, tes huîtres ?

— Non, a dit Éloi.

— Tu vois que maman avait raison, a dit tante Mathilde, tu ne les aimes pas, les huîtres.

— Je les aime, a crié Éloi, mais elles sont pas fraîches !

— Belle excuse, a dit tante Dorothée.

— Ce n'est pas une excuse, a crié tante Mathilde : si le petit dit que ces huîtres ne sont pas fraîches, c'est qu'elles ne sont pas fraîches. D'ailleurs, moi aussi je leur trouve un drôle de goût !

Le maître d'hôtel est arrivé, l'air drôlement nerveux.

— Je vous en prie, il a dit, je vous en prie !

— Vos huîtres ne sont pas fraîches, a dit tante Mathilde, n'est-ce pas, Casimir ?

— Oui, a dit oncle Casimir.

— Ah ! Vous voyez ? Je ne le lui fais pas dire ! a dit la tante Mathilde.

Le maître d'hôtel a poussé un gros soupir et il a fait enlever les huîtres, sauf celles de tante Dorothée.

Après, on a apporté le rôti ; il était drôlement bon. L'oncle Eugène racontait des blagues, mais à voix très basse, et la cousine Martine riait tout le temps. La tante Amélie, en coupant sa viande, parlait à papa et papa a cessé de manger et puis tante Amélie a dû partir en courant parce que Roch et Lambert ont été malades.

— Bien sûr, a dit tante Dorothée, à force de gaver les enfants…

Le maître d'hôtel était à côté de notre table, il n'avait pas bonne mine et il s'essuyait la figure avec son mouchoir.

Éloi, au dessert (un gâteau !), a commencé à me raconter que, dans son école, ses copains étaient terribles et que lui, il était le chef de la bande. Moi, ça m'a fait rigoler, parce que mes copains sont meilleurs que les siens, Alceste, Geoffroy, Rufus, Eudes et les autres, ça n'a rien à voir avec les copains d'Éloi.

— Tes copains, c'est des minables, j'ai dit à Éloi, et puis, moi aussi, je suis chef de la bande et toi tu es bête.

Alors, on s'est battus. Papa, maman et tante Mathilde sont venus nous séparer et puis ils se sont dis-

putés entre eux ; Clarisse s'est mise à pleurer, tout le monde s'est levé et criait, même les autres clients et le maître d'hôtel.

Quand nous sommes rentrés chez nous, papa et maman n'avaient pas l'air content.

Je les comprends ! C'est triste de penser qu'il va falloir attendre un an, maintenant, jusqu'au prochain repas de famille...

La tarte aux pommes

Après déjeuner, maman a dit : « Pour le dessert, ce soir, je fais une tarte aux pommes », alors, moi, j'ai dit : « Chic », mais papa a dit : « Nicolas, cet après-midi, je dois travailler à la maison. Alors, il faut que tu sois bien sage jusqu'au dîner, sinon, pas de tarte aux pommes. »

Moi, j'ai promis de ne pas faire le guignol, parce que les tartes aux pommes de maman sont drôlement chouettes. Il faudra que je fasse attention de ne pas faire de bêtises, parce qu'il y a des fois où on a vraiment envie d'être sage, et puis, bing ! il se passe quelque chose. Et papa, il ne rigole pas : quand il dit pas de tarte aux pommes, c'est pas de tarte aux pommes, même si on pleure et si on dit qu'on va quitter la maison et qu'on vous regrettera beaucoup.

Alors, je suis sorti dans le jardin, pour ne pas déranger papa qui travaillait dans le salon. Et puis, Alceste est venu. Alceste, c'est un copain de l'école, un gros qui mange tout le temps.

— Salut ! il m'a dit, Alceste, qu'est-ce que tu fais ?

— Rien, j'ai répondu. Il faut que je sois sage jusqu'à ce soir si je veux avoir de la tarte aux pommes pour le dessert.

Alceste a commencé à remuer la langue des tas de fois sur ses lèvres, et puis il s'est arrêté pour me dire :

— Et tu crois que si je suis sage, moi aussi, j'aurai de la tarte aux pommes ?

Moi, je lui ai dit que je ne savais pas, parce que je n'avais pas le droit d'inviter des copains sans la permission de mon papa et de ma maman, alors Alceste a dit qu'il allait demander à mon papa de l'inviter pour le dîner, et j'ai dû l'attraper par la ceinture, alors qu'il allait entrer dans la maison.

— Ne fais pas ça, Alceste, je lui ai dit. Si tu déranges mon papa, personne n'aura de la tarte aux pommes, ni toi ni moi.

Alceste s'est gratté la tête, il a sorti un petit pain au chocolat de sa poche, a mordu dedans, et il a dit :

— Bon, tant pis, je m'en passerai. À quoi on joue ?

Moi, j'ai dit à Alceste qu'on jouerait à quelque chose qui ne fasse pas de bruit, et on a décidé de jouer aux billes à voix basse.

Moi, aux billes, je suis terrible, et, en plus, Alceste joue avec une seule main, parce que l'autre est toujours occupée à mettre des choses dans sa bouche, alors, j'ai gagné des tas de billes, et ça, ça n'a pas plu à Alceste.

— Tu triches, il m'a dit.

— Eh ben, ça alors, j'ai dit, je triche, moi ? C'est toi qui ne sais pas jouer, voilà tout !

— Moi, je sais pas jouer ? a crié Alceste. Moi, je joue mieux que tout le monde, mais pas avec des tricheurs, rends-moi mes billes !

J'ai dit à Alceste de ne pas crier, parce que sinon, pour la tarte aux pommes, c'était fichu, alors Alceste m'a dit que si je ne lui rendais pas ses billes, il se mettrait à crier et même à chanter. Je lui ai rendu ses billes et je lui ai dit que je ne lui parlerais plus jamais.

— Bon, on joue encore ? m'a demandé Alceste.

Moi, je lui ai dit que non, que pour la tarte aux pommes, il valait mieux que je monte lire dans ma chambre jusqu'au dîner. Alors, Alceste m'a dit :

— À demain, et il est parti.

Je l'aime bien, Alceste. C'est un copain.

Dans ma chambre, j'ai pris un livre que mémé m'a donné et où ça raconte l'histoire d'un petit garçon qui cherche son papa dans le monde entier, alors, il prend des avions et des sous-marins et il va en Chine et chez les cow-boys, et comme je l'avais déjà lu, ça ne m'a pas tellement amusé. J'ai pris mes crayons de couleur et j'ai commencé à peindre une des images, celle où le petit garçon est dans le dirigeable. Et puis, je me suis rappelé que papa n'aime pas que je salisse mes livres, parce qu'il dit que les livres, c'est des amis, et qu'il faut être chouette avec eux. Alors, j'ai pris une gomme pour effacer les couleurs, mais ça ne partait pas vite, alors, j'ai appuyé plus fort avec la gomme, et la page s'est déchirée. J'ai eu envie de pleurer, pas tellement pour le livre, parce que je savais qu'à la fin le petit garçon retrouvait son papa sur une île déserte, mais à cause de mon papa à moi, qui pouvait monter dans ma chambre et me priver de tarte aux pommes.

Je n'ai pas pleuré pour ne pas faire de bruit, j'ai arraché le morceau de la page et j'ai remis le livre à sa place. Pourvu que papa ne se souvienne pas de l'image du dirigeable !

J'ai ouvert la porte de mon placard et j'ai regardé mes jouets. J'ai bien pensé à jouer avec mon train électrique, mais, une fois, le train a fait des tas d'étincelles, toutes les lumières de la maison se sont éteintes, et papa m'a beaucoup grondé, surtout après qu'il est tombé dans l'escalier de la cave, où il était allé pour arranger la lumière. Il y avait l'avion aussi, celui qui a des ailes rouges et une hélice qui se remonte avec un caoutchouc, mais c'est avec l'avion que j'ai cassé le vase bleu et ça a fait des tas d'histoires. La toupie, elle fait un drôle de bruit. Quand papa et maman me l'ont donnée pour mon anniversaire, ils m'ont dit :

— Écoute, Nicolas, comme elle fait une jolie musique, la toupie !

Et puis après, chaque fois que je veux jouer avec la toupie, papa me dit :

— Arrête ce bruit infernal !

Bien sûr, il y avait mon ours en peluche, celui qui est à moitié rasé, parce qu'avant que je finisse de le raser, le rasoir de papa s'est cassé. Mais l'ours, c'est un jouet de petit, moi, ça fait des mois que ça ne m'amuse plus.

J'ai refermé le placard et j'avais vraiment envie de pleurer, c'est vrai, quoi, c'est pas juste d'avoir des jouets et de ne pas avoir le droit de s'en servir, tout ça à cause d'une sale tarte. Et, après tout, je peux m'en passer de la tarte, même si elle est croustillante, avec des tas de pommes dessus et du sucre en poudre et j'ai décidé de faire des châteaux de cartes, parce que

c'est ce qui fait le moins de bruit en tombant. Les châteaux de cartes, c'est comme quand on boude : c'est amusant au début seulement. Après, j'ai passé un moment à faire des grimaces devant la glace et la meilleure c'est celle que Rufus m'a apprise à la récré : on appuie sur le nez pour le faire remonter et on tire sous les yeux pour les faire descendre et on ressemble à un chien. Et puis, après les grimaces, j'ai pris mon livre de géographie de l'année dernière, et puis papa est entré dans ma chambre.

— Comment, Nicolas ? il m'a dit, papa. Tu étais là ? Je ne t'entendais pas et je me demandais où tu étais passé. Que faisais-tu dans ta chambre ?

— J'étais sage, j'ai répondu à papa.

Alors, papa m'a pris dans ses bras, m'a embrassé, m'a dit que j'étais le plus gentil des petits garçons et que c'était l'heure de dîner.

Nous sommes entrés dans la salle à manger où maman mettait les assiettes sur la table.

— Les hommes ont faim, a dit papa en rigolant, les hommes ont envie de faire un bon dîner et de manger de la tarte aux pommes !

Maman a regardé papa, elle m'a regardé et elle est partie en courant dans la cuisine.

— Oh ! mon Dieu, elle a crié, maman. Ma tarte aux pommes !

Et on n'a pas eu de dessert parce que la tarte aux pommes avait brûlé dans le four.

On me garde

Papa et maman doivent sortir ce soir pour dîner chez des amis, et moi, je suis d'accord. C'est vrai, mon papa et ma maman ne sortent pas souvent, et moi, ça me fait plaisir quand je sais qu'ils s'amusent, même si je n'aime pas rester sans eux le soir et c'est drôlement injuste, parce que moi je ne sors jamais le soir ; il n'y a pas de raison et je me suis mis à pleurer et papa m'a promis de m'acheter un avion, alors c'est d'accord.

— Tu seras bien sage, m'a dit maman ; d'ailleurs, une très gentille demoiselle va venir te garder et tu n'auras pas peur. Et puis, mon Nicolas est un grand garçon, maintenant.

On a sonné à la porte et papa a dit :

— Voilà la garde.

Et il est allé ouvrir. Une demoiselle est entrée, elle avait des livres et des cahiers dans les bras, et c'est vrai qu'elle avait l'air très gentille, elle était chouette aussi, avec des yeux ronds comme mon ours en peluche.

— Voici Nicolas, a dit papa. Nicolas, je te présente Mlle Brigitte Pastuffe. Tu seras gentil et tu lui obéiras bien, n'est-ce pas ?

— Bonjour Nicolas, a dit mademoiselle, mais tu es un grand garçon et que tu as une belle robe de chambre !

— Et vous, je lui ai dit, vous avez des yeux comme mon ours.

La demoiselle a eu l'air un peu étonnée et elle m'a regardé avec des yeux encore plus ronds qu'avant.

— Oui, bon, a dit papa, alors voilà, nous allons partir...

— Nicolas a déjà dîné, a dit maman, il est prêt à aller se coucher, il est déjà en pyjama. Vous pouvez le laisser encore un quart d'heure et après, au lit. Si vous avez faim, vous trouverez des choses dans le réfrigérateur, nous ne rentrerons pas tard, minuit tout au plus.

Mademoiselle a dit qu'elle n'avait pas faim, qu'elle était sûre que je serais sage et que tout se passerait très bien.

— Oui, je l'espère, a dit papa.

Et puis, papa et maman m'ont embrassé, ils ont eu l'air d'hésiter un peu et ils sont partis.

Je suis resté seul dans le salon avec mademoiselle.

— Voilà, voilà, a dit mademoiselle qui avait, c'est drôle, l'air d'avoir un peu peur de moi. Tu travailles bien à l'école, Nicolas ?

— Pas mal, et vous ? je lui ai répondu.

— Oh ! moi ça va, mais j'ai des ennuis avec la géographie, c'est pour ça que j'ai apporté le bouquin ce soir, il faut que je bûche, c'est une matière d'écrit, maintenant, et je n'ai pas envie de sécher au bac !

Elle était bavarde, mademoiselle, c'est dommage que je ne comprenais pas ce qu'elle disait : à son école, elle devait aussi avoir des ennuis avec la grammaire.

Comme maman m'avait permis de rester encore un quart d'heure, j'ai proposé à mademoiselle de jouer aux dames et j'ai gagné trois parties, parce que je suis terrible aux dames.

— Bon, maintenant, au lit ! a dit mademoiselle.

On s'est donné la main et je suis monté me coucher, il faut dire que je suis drôlement sage. Papa et maman seront contents.

Mais je n'avais pas sommeil. Je ne savais pas trop quoi faire et, en attendant, comme d'habitude, j'ai décidé d'avoir soif.

— Mademoiselle, j'ai crié, je voudrais un verre d'eau !

— J'arrive ! a crié mademoiselle.

J'ai entendu le robinet de la cuisine et j'ai entendu mademoiselle crier quelque chose que j'ai pas compris.

Mademoiselle est entrée avec un verre d'eau, toute sa blouse était mouillée.

— Il faut faire attention avec le robinet de la cuisine, j'ai dit, il éclabousse et papa n'est pas encore arrivé à l'arranger.

— Je m'en suis aperçue, a dit mademoiselle et elle n'avait pas l'air contente du tout.

Pourtant, dans le salon, elle m'avait dit qu'elle n'avait pas envie de sécher. J'ai bu l'eau et c'était assez dur parce que je n'avais pas très soif et mademoiselle m'a dit qu'il était l'heure de dormir. Je lui ai répondu que c'était peut-être l'heure, mais que je n'avais pas sommeil.

— Mais alors, a dit mademoiselle, qu'est-ce qu'on va faire ?

— Je ne sais pas, moi, j'ai dit, essayez de me raconter une histoire : avec maman, ça réussit quelquefois.

Mademoiselle m'a regardé, elle a poussé un gros soupir et elle a commencé à me raconter une histoire avec des tas de mots que je n'ai pas compris. Elle m'a dit qu'il y avait une fois une petite fille qui voulait faire du cinéma et qu'elle a rencontré dans un festival un producteur très riche et puis elle a eu sa photo dans tous les journaux et je me suis endormi.

J'ai été réveillé par la sonnerie du téléphone. Je suis descendu voir ce que c'était et, quand je suis arrivé dans le salon, mademoiselle était en train de raccrocher.

— Qui c'était ? j'ai dit.

Mademoiselle, qui ne m'avait pas vu, a poussé un gros cri, et puis, elle m'a dit que c'était ma maman qui téléphonait pour savoir si je dormais.

Comme je n'avais pas envie de retourner dans mon lit, j'ai commencé à parler :

— Qu'est-ce que vous faisiez ?

— Allez, a dit mademoiselle, au lit !

— Dites-moi ce que vous faisiez et je retourne me coucher, j'ai dit.

Mademoiselle a fait un gros soupir et elle a dit qu'elle était en train d'étudier la puissance économique de l'Australie.

— C'est quoi, ça ? j'ai demandé.

Mais mademoiselle n'a pas voulu me répondre, c'était bien ce que je pensais, elle me disait des bêtises, comme à un bébé.

— Je peux avoir un morceau de gâteau ? j'ai demandé.

— Bon, ça va, a dit mademoiselle, un morceau de gâteau et au lit !

Et elle est allée chercher le gâteau dans le réfrigérateur. Elle a apporté un morceau de gâteau pour moi et un pour elle et c'était du bon, au chocolat.

J'ai mangé mon gâteau et mademoiselle ne touchait pas au sien, elle attendait que je finisse.

— Bon, elle a dit, et maintenant, dodo !

— C'est que, je lui ai expliqué, si je me couche tout de suite après avoir mangé le gâteau, je vais avoir des cauchemars !

— Des cauchemars ? a dit mademoiselle.

— Oui, j'ai dit, je fais des tas de mauvais rêves, je vois des voleurs qui viennent dans la maison, la nuit, et puis ils assassinent tout le monde et ils sont très grands et très vilains et ils entrent par la fenêtre du salon qui ferme mal et que papa n'a pas pu encore arranger, et…

— Assez ! a crié mademoiselle qui avait la figure toute blanche et je l'aimais mieux en rose.

— Bon, j'ai dit, alors je vais me coucher, je vous laisse seule.

Et là, elle a été drôlement gentille, mademoiselle, elle m'a dit que rien ne pressait et qu'après tout, on pouvait se tenir compagnie pendant quelques minutes.

— Vous voulez que je vous raconte d'autres cauchemars chouettes que j'ai eus ? j'ai demandé.

Mais mademoiselle m'a dit que non, que pour les cauchemars ça allait comme ça et elle m'a demandé si je ne connaissais pas d'autres histoires. Alors, je lui ai raconté une histoire que je venais de lire dans un nouveau livre que maman m'a donné où il y avait une fois une belle princesse mais sa maman, qui n'est pas sa maman, ne l'aime pas et c'est une vilaine fée et puis elle lui fait manger quelque chose et la belle princesse se met à dormir des tas d'années et juste quand ça devenait intéressant, j'ai vu que mademoiselle avait fait comme la belle princesse, elle s'était endormie.

Je me suis arrêté de parler et j'ai regardé le livre de géographie de mademoiselle en mangeant son morceau de gâteau. C'est à ce moment que papa et maman sont rentrés. Ils ont eu l'air assez surpris de me voir ; ce qui m'a fait de la peine, c'est qu'ils n'ont pas dû s'amuser à leur dîner, parce qu'ils n'avaient pas l'air contents.

Je suis monté me coucher mais, en bas, dans le salon, j'entendais papa, maman et mademoiselle qui discutaient en criant, et là, je ne suis plus d'accord !

Je veux bien que papa et maman sortent, mais qu'on me laisse dormir tranquille, tout de même !

Je fais des tas de cadeaux

Ce matin, le facteur a apporté pour papa une lettre de tonton Eugène. Tonton Eugène c'est le frère de papa, il voyage tout le temps pour vendre des choses, et il est très chouette. Pendant que maman préparait le petit déjeuner, papa a ouvert l'enveloppe, et dedans, en plus de la lettre, il y avait un billet de dix francs. Papa a été très étonné en voyant le billet, il a lu la lettre, il a rigolé, et quand maman est entrée avec le café, il lui a dit :

— C'est Eugène qui me prévient qu'il ne pourra pas venir nous voir ce mois-ci comme il nous l'avait annoncé. Et — tu vas rire — il termine sa lettre en disant… Attends… Oui, voilà : « … et je joins un billet de dix francs pour que Nicolas achète un petit cadeau à sa jolie maman… »

— Chouette ! j'ai crié.

— En voilà une idée ! a dit maman. Je me demande quelquefois s'il n'est pas un peu fou, ton frère.

— Et pourquoi ça ? a demandé papa. Je trouve, au contraire, que c'est une idée charmante. Eugène, comme tous les hommes de ma famille, est très généreux, très large… Mais bien sûr, dès qu'il s'agit de ma famille…

— Bon, bon, bon, a répondu maman. Mettons que je n'aie rien dit. Je pense tout de même qu'il vaudrait mieux que Nicolas mette cet argent dans sa tirelire.

— Oh non ! j'ai crié. Je vais t'acheter un cadeau ! Nous, on est drôlement généreux et larges, dans la famille !

Alors papa et maman se sont mis à rigoler, maman m'a embrassé, papa m'a frotté les cheveux avec sa main et maman m'a dit :

— Eh bien, d'accord, Nicolas ; mais si tu veux bien, j'irai avec toi dans le magasin ; comme ça, nous choisirons mon cadeau ensemble. J'avais justement l'intention de faire des courses, demain jeudi.

Moi, j'étais content comme tout ; j'aime bien faire des cadeaux, mais je ne peux pas en faire souvent parce que je n'ai pas beaucoup de sous dans ma tirelire. À la banque, j'ai des tas d'argent, mais je n'aurai le droit de l'emporter que quand je serai grand, pour m'acheter un avion. Un vrai. Et puis, ce qu'il y a de bien, quand je vais dans les magasins avec maman, c'est qu'on goûte dans le salon de thé, et ils ont des gâteaux terribles, ceux au chocolat surtout.

Je suis allé me repeigner, je suis parti à l'école, et le lendemain pendant le déjeuner, j'étais drôlement impatient.

— Alors, a dit papa en rigolant, c'est cet après-midi que vous allez faire des courses ?

— C'est Nicolas qui va faire des courses, a dit maman en rigolant ; moi, je ne fais que l'accompagner !

Et ils ont rigolé plus fort tous les deux et moi j'ai rigolé aussi, parce que ça me fait toujours rigoler quand ils rigolent. Après le déjeuner (il y avait de la crème au chocolat), papa est retourné à son bureau, et maman et moi nous nous sommes habillés pour sortir. Bien sûr, je n'ai pas oublié de mettre le billet de dix francs dans ma poche, pas celle du mouchoir, parce qu'une fois, quand j'étais petit, j'ai perdu de l'argent comme ça.

Il y avait beaucoup de monde dans le magasin, et nous avons commencé à regarder ce qu'on pourrait acheter.

— Je crois que nous trouverons de très jolis foulards pour ce prix-là, a dit maman.

Moi, j'ai dit qu'un foulard, ça ne me paraissait pas assez chouette comme cadeau, mais maman m'a dit que c'était ce qui lui ferait le plus plaisir.

Nous sommes allés devant le comptoir des foulards, et c'est une chance que maman ait été là, parce que moi, je n'aurais jamais su choisir ; il y en avait plein partout, en désordre.

— Ils sont à combien ? a demandé maman à la vendeuse.

— Douze francs, madame, a répondu la vendeuse.

Alors là, j'ai été bien embêté, parce que je n'avais que les dix francs de tonton Eugène. Maman m'a dit que tant pis, qu'on irait choisir un autre cadeau.

— Mais, je lui ai dit, puisque tu m'as dit que c'est un foulard que tu voulais.

Maman est devenue un peu rouge, et puis elle m'a tiré par la main.

— Ça ne fait rien, ça ne fait rien, Nicolas, a dit maman. Viens, nous trouverons sûrement autre chose de très bien.

— Non ! Je veux t'acheter un foulard ! j'ai crié.

C'est vrai, quoi, à la fin, c'est pas la peine de faire des cadeaux aux gens, si on ne peut pas acheter les choses dont les gens ont envie.

Maman m'a regardé, elle a regardé la vendeuse, elle a fait un sourire, la vendeuse aussi, et puis elle m'a dit :

— Bon. Eh bien, tu sais ce que nous allons faire, Nicolas ? Je vais te donner les deux francs qui te manquent ; comme ça tu pourras m'acheter ce joli foulard.

Maman a ouvert son sac, elle m'a donné les deux francs, nous sommes retournés devant le comptoir, elle a choisi un chouette foulard bleu, et j'ai donné les dix francs et les deux francs à la vendeuse.

— C'est monsieur qui paie, a dit maman.

La vendeuse et maman ont rigolé, moi j'étais drôlement fier ; la vendeuse a dit que j'étais le plus mignon petit lapin qu'elle avait jamais vu, elle m'a donné le paquet, je l'ai donné à maman, maman m'a embrassé et nous sommes partis.

Mais nous ne sommes pas sortis du magasin, parce que maman m'a dit que puisque nous étions là, elle voulait voir des corsages, qu'elle avait besoin d'un corsage.

— Mais je n'ai plus de sous, je lui ai dit.

Maman a fait un tout petit sourire et elle a dit que je ne m'inquiète pas, qu'on s'arrangerait. Nous sommes allés devant le comptoir des corsages, elle en a choisi un, et puis elle m'a donné des tas de sous que j'ai donnés à la vendeuse, qui a rigolé, qui m'a dit que j'étais un chou et que j'étais à croquer. Ce qu'il y a de bien dans les magasins, c'est que les vendeuses sont très polies.

Maman était très contente, et elle m'a dit merci pour le beau corsage et le joli foulard que je lui avais offerts.

Et puis, nous sommes allés voir les robes. Là, je me suis assis sur une chaise, pendant que maman partait essayer les robes ; c'était long, mais une vendeuse m'a donné un bonbon au chocolat. Quand maman est revenue, elle était très contente, et elle m'a accompagné jusqu'à la caisse, pour que je paie la robe. Le bonbon, c'était gratuit.

J'ai encore acheté à maman des gants, une ceinture, et des chaussures. Nous étions drôlement fatigués, tous les deux, surtout que maman prenait du temps et essayait des tas de choses avant de choisir mes cadeaux.

— Si on allait goûter ? m'a dit maman.

Nous avons pris l'escalier mécanique. Ça c'est vraiment chouette, surtout que le salon de thé se trouve au dernier étage. On a eu un goûter terrible, avec du chocolat, et des petits gâteaux au chocolat. Moi, j'aime bien le chocolat.

Le goûter, c'est maman qui a insisté pour le payer.

Quand nous sommes revenus à la maison, papa y était déjà.

— Eh bien ! eh bien ! il a dit, vous en avez mis du temps ! Alors Nicolas, tu as acheté un joli cadeau pour maman ?

— Oh oui ! j'ai répondu. Des tas de chouettes cadeaux ! C'est moi qui ai tout payé et les vendeuses ont été très gentilles avec moi !

Quand papa a vu les paquets de maman, il a ouvert des grands yeux, et maman lui a dit :

— Je dois avouer que tu avais raison, chéri. Tous les hommes de ta famille sont très généreux, à commencer par Nicolas !

Et maman est partie dans sa chambre à coucher, avec ses paquets pleins de cadeaux.

Je suis resté dans le salon avec papa, qui s'est assis dans son fauteuil en faisant un soupir. Et puis, papa m'a pris sur ses genoux, il m'a gratté la tête, il a rigolé un coup, et il m'a dit :

— C'est vrai, mon Nicolas ; les hommes de la famille de ton père ont beaucoup de qualités… Mais pour certaines choses, ils ont encore énormément à apprendre des femmes de la famille de ta mère !

DES MÊMES AUTEURS

Aux Éditions Denoël

LE PETIT NICOLAS, 1960 (Folio n° 423)
LES RÉCRÉS DU PETIT NICOLAS, 1961 (Folio n° 2665)
LES VACANCES DU PETIT NICOLAS, 1962 (Folio n° 2664)
LE PETIT NICOLAS ET LES COPAINS, 1963. Prix Alphonse Allais
  (Folio n° 2663)
LE PETIT NICOLAS A DES ENNUIS, 1964 (Folio n° 2666)

Aux Éditions IMAV

HISTOIRES INÉDITES DU PETIT NICOLAS, 2004 (Folio n° 5058)
HISTOIRES INÉDITES DU PETIT NICOLAS — volume 2, 2006
LE PETIT NICOLAS, LE BALLON ET AUTRES HISTOIRES INÉDITES,
  2009

SEMPÉ

Aux Éditions Denoël

RIEN N'EST SIMPLE, 1962 (Folio n° 873)
TOUT SE COMPLIQUE, 1963 (Folio n° 867)
SAUVE QUI PEUT, 1964 (Folio n° 81)
MONSIEUR LAMBERT, 1965 (Folio n° 2200)
LA GRANDE PANIQUE, 1966 (Folio n° 82)
SAINT-TROPEZ, 1968 (Folio n° 706)
INFORMATION-CONSOMMATION, 1968
MARCELLIN CAILLOU, 1969 (Folio n° 3592)
DES HAUTS ET DES BAS, 1970 (Folio n° 1971)
FACE À FACE, 1972 (Folio n° 2055)
LA GRANDE PANIQUE, 1972
BONJOUR, BONSOIR, 1974
L'ASCENSION SOCIALE DE MONSIEUR LAMBERT, 1975
SIMPLE QUESTION D'ÉQUILIBRE, 1977, 1992 (Folio n° 3123)
UN LÉGER DÉCALAGE, 1977 (Folio n° 1993)
LES MUSICIENS, 1979, 1996 (Folio n° 3306)

COMME PAR HASARD, 1981 (Folio n° 2088)
DE BON MATIN, 1983 (Folio n° 2135)
VAGUEMENT COMPÉTITIF, 1985 (Folio n° 2275)
LUXE, CALME ET VOLUPTÉ, 1987 (Folio n° 2535)
PAR AVION, 1989 (Folio n° 2370)
VACANCES, 1990
ÂMES SŒURS, 1991 (Folio n° 2735)
INSONDABLES MYSTÈRES, 1993 (Folio n° 2850)
RAOUL TABURIN, 1995 (Folio n° 3305)
GRANDS RÊVES, 1997
BEAU TEMPS, 1999
LE MONDE DE SEMPÉ, TOME 1, 2002
MULTIPLES INTENTIONS, 2003
LE MONDE DE SEMPÉ, TOME 2, 2004
SENTIMENTS DISTINGUÉS, 2007
SEMPÉ À NEW YORK, 2009

Aux Éditions Gallimard

CATHERINE CERTITUDE, texte de Patrick Modiano, 1988 (Folio n° 4298)
L'HISTOIRE DE MONSIEUR SOMMER, texte de Patrick Süskind, 1991 (Folio n° 4297)
UN PEU DE PARIS, 2001
UN PEU DE LA FRANCE, 2005

RENÉ GOSCINNY

Aux Éditions Hachette

ASTÉRIX, 25 volumes, Goscinny & Uderzo (Dargaud 1961) 1999

Aux Éditions Albert René

ASTÉRIX, 9 albums, Uderzo (textes et dessins) sous la double signature Goscinny & Uderzo, 1980
COMMENT OBÉLIX EST TOMBÉ DANS LA MARMITE DU DRUIDE QUAND IL ÉTAIT PETIT, Goscinny & Uderzo, 1989
ASTÉRIX ET LA RENTRÉE GAULOISE, Goscinny & Uderzo, 2004

ASTÉRIX ET LA SURPRISE DE CÉSAR, d'après le dessin animé tiré de l'œuvre de Goscinny & Uderzo, 1985

LE COUP DU MENHIR (idem), 1989

ASTÉRIX ET LES INDIENS (idem), 1995

OUMPAH-PAH, 3 volumes, Goscinny & Uderzo (Le Lombard 1961), 1995

JEHAN PISTOLET, 4 volumes, Goscinny & Uderzo (Lefranc 1989), 1998

Aux Éditions Lefrancq

LUC JUNIOR, 2 volumes, Goscinny & Uderzo, 1989

BENJAMIN ET BENJAMINE, LES NAUFRAGÉS DE L'AIR, Goscinny & Uderzo, 1991

Aux Éditions Dupuis

LUCKY LUKE, 22 volumes, Morris & Goscinny, 1957

JERRY SPRING, LA PISTE DU GRAND NORD, Jijé & Goscinny, 1958, 1993

Aux Éditions Lucky Comics

LUCKY LUKE, 19 volumes, Morris & Goscinny, 1968, 2000

Aux Éditions Dargaud

LES DINGODOSSIERS, Goscinny & Gotlib, 3 volumes, 1967

IZNOGOUD, 8 volumes, Goscinny & Tabary, 1969, 1998

VALENTIN LE VAGABOND, Goscinny & Tabary, 1975

Aux Éditions Tabary

IZNOGOUD, 8 volumes, Goscinny & Tabary, 1986 — 11 volumes, Tabary (textes et dessins) sous la double signature Goscinny & Tabary

Aux Éditions du Lombard

MODESTE ET POMPON, 3 volumes, Franquin & Goscinny, 1958, 1996

CHICK BILL, LA BONNE MINE DE DOG BULL, Tibet & Goscinny, 1959, 1981

SPAGHETTI, 11 volumes, Goscinny & Attanasio, 1961, 1999

STRAPONTIN, 6 volumes, Goscinny & Berck, 1962, 1998

LES DIVAGATIONS DE M. SAIT-TOUT, Goscinny & Martial, 1974

Aux Éditions Denoël

LA POTACHOLOGIE, 2 volumes, Goscinny & Cabu, 1963
LES INTERLUDES, Goscinny, 1966

Aux Éditions Vents d'Ouest

LES ARCHIVES GOSCINNY, 4 volumes, 1998

Aux Éditions IMAV

DU PANTHÉON À BUENOS AIRES, Chroniques illustrées, Goscinny et Collectif, 2007

Aux Éditions Actes Sud

TOUS LES VISITEURS À TERRE (Denoël 1969), 1999

COLLECTION FOLIO

Dernières parutions

. Patrick Modiano *Dans le café de la jeunesse perdue.*
4835. Marisha Pessl *La physique des catastrophes.*
4837. Joy Sorman *Du bruit.*
4838. Brina Svit *Coco Dias ou La Porte Dorée.*
4839. Julian Barnes *À jamais* et autres nouvelles.
4840. John Cheever *Une Américaine instruite* suivi d'*Adieu, mon frère.*
4841. Collectif *«Que je vous aime, que je t'aime!»*
4842. André Gide *Souvenirs de la cour d'assises.*
4843. Jean Giono *Notes sur l'affaire Dominici.*
4844. Jean de La Fontaine *Comment l'esprit vient aux filles.*
4845. Yukio Mishima *Papillon* suivi de *La lionne.*
4846. John Steinbeck *Le meurtre* et autres nouvelles.
4847. Anton Tchékhov *Un royaume de femmes* suivi de *De l'amour.*
4848. Voltaire *L'Affaire du chevalier de La Barre* précédé de *L'Affaire Lally.*
4849. Victor Hugo *Notre-Dame de Paris.*
4850. Françoise Chandernagor *La première épouse.*
4851. Collectif *L'œil de La NRF.*
4852. Marie Darrieussecq *Tom est mort.*
4853. Vincent Delecroix *La chaussure sur le toit.*
4854. Ananda Devi *Indian Tango.*
4855. Hans Fallada *Quoi de neuf, petit homme?*
4856. Éric Fottorino *Un territoire fragile.*
4857. Yannick Haenel *Cercle.*
4858. Pierre Péju *Cœur de pierre.*
4859. Knud Romer *Cochon d'Allemand.*
4860. Philip Roth *Un homme.*
4861. François Taillandier *Il n'y a personne dans les tombes.*
4862. Kazuo Ishiguro *Un artiste du monde flottant.*

Découvrez également

Histoires inédites du Petit Nicolas

Volume 1 et Volume 2

Le Petit Nicolas - le ballon et autres histoires inédites

IMAV éditions

www.petitnicolas.com

Composition Nord Compo
Impression Clerc
à St Amand Montrond
Dépôt légal : avril 2010
Numéro d'imprimeur : 10115